청색 노이즈와
〈질투〉 킬러툰

GHOST

Vo.
오카미 토오루

Gt.
아다시노 네코

칭·찬·의·말!

카나리아 ／ ROSY

AOIRO NOISE TO <YAKIMOCHI> KILLER-TUNE Vol.1
WAKEARI JK TO HAJIMERU DANSOU V KEI BANDO
ⓒ Mukai Souya 2018
First published in Japan in 2018 KADOKAWA CORPORATION, Tokyo. Korean
translation rights arranged with KADOKAWA CORPORATION, Tokyo through
Shinwon Agency Co., Seoul

CONTENTS

청색 노이즈와 〈질투〉 킬러 튠
사연 있는 JK와 시작하는 남장 V계 밴드

7 Track / 248P

🔊 Intro 013

1st song **END OF SORROW** 015

2nd song **사랑하는 록스타** 044

3rd song **비의 오케스트라** 117

4th song **상냥한 비극** 149

Last song **LIGHT MY FIRE** 215

Outro 236

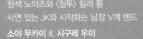

미칠 것 같이 날뛰는 흥분이 조명이 밝혀진 무대로 흘러든다. 관객들이 빚어내는 광기. 천장을 향해 팔을 들어 올리고 환호하는 관객들의 눈빛은 그야말로 피에 굶주린 짐승 같다. 그런 사나운 짐승들을 향해 가운뎃손가락을 세운 채 도발하는 바보 녀석이 있다. 바로 나와 등을 맞대고 있는 우리 남장 기타리스트.

피에 굶주려 있던 것은 관객이 아니라 이 녀석 쪽이었을지도 모른다. 관객들이 제아무리 목소리를 드높여도 부족하다는 듯 더 큰 환호를 끌어낸다. 수수하던 무대 아래에서의 모습과는 완전히 다른 요염한 아름다움. 이 녀석은 마치 고양이 탈을 뒤집어쓴 것만 같다.

반대쪽 스테이지에서 머리를 흔들며 기묘하게 연주하고 있는 베이시스트. 이 녀석의 외모에 관해서는 그다지 언급하고 싶지 않지만 일단 베이스를 퉁기기 시작하면 완전히 변해 버린다. 평소에는 도무지 무슨 생각을 하고 있는지 알 수 없는 녀석인데, 베이스만 잡으면 거칠고 저돌적인 백수의 왕으로 변한다.

내 뒤에서 이 녀석들을 받쳐주는 눈매 사나운 드러머도 좀처럼 다루기 쉽지 않은 타입이다. 하지만 연주 스킬만은 우리 밴드 안에서 가장 뛰어나다. 조그마한 체구 어디에 저런 파워를 숨기고 있는 걸까. 나도 모르게 반해 버릴 것만 같은 하이햇과 스네어의 활극. 물 흐르듯 강렬한 드럼 롤이 이어지자 관객들이 일제히 크게 출렁인다. 관객 모두를 소리로 압살해버리는 이 녀석은 그야말로 사신이다.

이 무대 위에서 소리 높여 포효하는 나는 이 밴드의 보컬, 오카미 토오루다. 지금은 고등학교 2학년 재학 중이다.

과거의 나는 스테이지에서 무참히 깨졌었다. 관객들이 대부분 빠져나간 무대에서 힘없이 노래를 부르던 그날의 기억. 그 트라우마가 나를 음악으로부터 멀어지게 했다. 하지만 이제는 다르다. 그날의 아픔을 나눠 짊어진 이 녀석들 덕분에 나는 다시 일어설 수 있게 됐다.

꿈에 그리던 광경이 눈앞에 있다. 1년 전에는 미동도 하지 않았던 관객의 마음이 지금은 끊이지 않는 박수가 되어 환호의 바다를 헤엄치고 있다.

나는 그날 무대에 두고 와버렸던 것을 되돌리고자 이곳을 허우적거리며 찾아왔다.

비주얼계 밴드.

어릿광대 같은 화장. 화려한 복장. 속이고 숨기며, 그러면서도 우리는 계속 연주한다.

진짜 용기란 한 발을 내딛는 것이니까.

END OF SORROW

이제 와서 이 공연을 계속하는 것이 과연 무슨 의미가 있을까. 차갑게 식은 플로어의 공기가 내 마음을 완전히 꺾어버렸다. 연주 또한 형편없었다.

빠른 드럼 비트는 곡의 템포를 파괴했다. 페이스를 잃은 베이스는 카운팅을 실수하며 연주할 프레이즈를 놓쳐버렸다. 리듬이 무너지면 기타 또한 미쳐 날뛰는 것이 자명한 이치. 중심을 잃은 연주는 듣기 괴로운 수준이었다. 하지만 치명적인 이 실수들은 모두가 서로 다른 방향을 향하고 있다는 증거에 불과했다.

관객의 태도는 노골적이었다. 우리는 팔다 남은 장난감처럼 그 누구의 흥미도 끌지 못했다. 스마트폰을 들여다보는 건 귀여운 수준이다. 모두가 눈짓을 교환하며 다들 화장실로 도망칠 정도였으니 말이다. 어차피 우리는 그들이 보러 온 밴드가 나올 때까지 '시간 떼우기 용도'에 불과하다고 위안해보지만 그건 초라한 변명일 뿐이다.

시야가 흐릿해진다. 분해서 견딜 수 없다. 가지 말아줘, 하고 마음으로 바란다. 하지만 내 바람과는 다르게 한 명, 또 한 명 관객들이 자리를 뜬다. 얼마 남지 않은 관객의 얼굴조차도 일그러지기 시작하고, 그야말로 영혼이라고는 하나도 없는 밋밋한 가면을 뒤집어쓴 채 먼 산을 바라본다.

나는 왜 이런 비참한 기분을 느끼면서까지 노래를 부르고 있는 걸까. 이 목소리가 가닿는 곳은 도대체 어디일까? 누구 한 명이라도 내 노래를 제대로 들어주는 사람이 있을까? 솔직히 이런 처참한 라이브 따위 내던져버리는 편이 낫지 않을까. 하지만 나는 그저 오기만으로 계속해서 노래를 부르고 있다.

그간 나는 줄곧 특이한 목소리 때문에 놀림을 받아 왔다. 변성기를 거친 이후에도 가늘고 높은 목소리에 외모까지 남자다움과는 거리가 멀어 가능한 학급 친구들의 눈에 띄지 않으려고 투명인간이 되어 스스로의 존재를 죽여 왔다.

그런 내게 음악은 유일한 안식처였다. 일상 속에 쌓이고 쌓인 울분을 멜로디에 실어 내보내면 어느새 기분이 말끔해지곤 했다. 그중에서도 특히 내 마음을 뒤흔드는 것이 있었는데, 바로 로큰롤이다. 황폐해진 감정을 뱉어내는 그 음악은 교실 구석에서 지루한 하루하루를 보내던 내게 마치 성스러운 무언가처럼 다가왔다.

그래서 록밴드가 있는 경음악부에 들어가게 됐고 마침내 문화제에서 라이브를 오르며 그 꿈을 실현할 수 있으리라 생각했는데….

주어진 시간을 겨우 마무리했다. 고통스러운 무대에도 끝은 찾아온다. 우리가 연주를 마치자, 건조한 박수가 체육관에 울려 퍼졌다. 아무 생각이나 감상 없이 손바닥과 손바닥을 맞부딪칠 뿐인 의례적인 행위. 그것이 다시 내 마음을 깊게 도려냈다.

플로어를 향해 고개를 숙이고 황급히 무대를 빠져나갔다. 다른 멤버들의 분위기 또한 험악했다. 도저히 눈 뜨고 봐줄 수 있는 연주가 아니었으니까 그럴 만도 했다. 어차피 남은 사람들끼리 적당히 모여서 만든 밴드다. 제대로 지휘할 만한 사람도 없었다. 그러니 누구를 탓할 수도 없는 노릇이었다. 애초에 누군가를 원망하기에도 우리는 서로를 믿고 의지하는 동료도 아니었다.

누군가와 함께하기를 꿈꿔 온 한 마리의 늑대 같았던 나의 고독한 울부짖음은 헛수고로 끝이 났고, 동지를 찾는 것에 실패한 것뿐만 아니라 상상 속의 갈채 역시 한 순간에 거품처럼 사라졌다. 이제 내 앞에 놓인 것은 냉혹한 현상 유지. 눈앞의 일상은 아무것도 달라지지 않았다.

누군가 내 머리카락을 뒤에서 잡아당겨 순간적으로 뒤를 돌아보았다. 불 꺼진 무대 위에 눈동자를 도려내 피를 흘리고 있는 내 잔영이 서 있었다. 그건 굴욕이 선사한 환상이었을지 모른다. 하지만 지금도 가끔 그 꿈을 꾼다.

그 건조한 박수와 체육관의 기묘한 미적지근함. 그리고 한 명, 또 한 명 자리를 떠나가는 견디기 힘든 광경. 그 꿈을 꾸고 눈을 뜬 날이면 언제나 볼이 촉촉히 젖어 있었다.

그날의 좌절은 트라우마로 변하여 지겹도록 나를 붙들어 맸다. 분명 지금도 나의 망령은 그 장소에 그대로 있을 것이다. 목소리가 갈라질 때까지 아무 의미 없는 소리를 외쳐대고 있을 뿐인—.

※

그 끔찍했던 문화제가 있었던 날로부터 반년이 지나 나는 2학년이 됐다. 슬슬 4월도 종반이다. 신학기가 시작되자마자 반에는 일찌감치 그룹이 만들어졌다. 하지만 나는 여전히 한 마리 고독한 늑대를 관철하는 중이다. 학교에 다니는 건 그저 하나의 루틴일 뿐 별다른 목적은 없다. 진학을 위해 어쩔 수 없이 통학로를 왕복하고 있을 뿐이다.

문화제 이후, 나는 다시 주변과 거리를 두게 됐다. 시끌벅적 떠들썩한 교실에서 나는 누구에게도 보이지 않는 투명인간이다.

그런 내가 지금 무엇을 하는 중인가 하면, 구내매점에서 점심밥을 사서 돌아오는 길이다. 이렇게 복도를 걷다 보면 주변의 시끌벅적한 대화 소리가 그날의 썰렁한 광경과 겹쳐져서 어금니가 다 삐걱거린다. 지금껏 나는 그 흑역사를 떨쳐내지 못하고 살아가는 중이다. 그렇게 한숨을 내쉬면서 교실로 돌아왔을 때였다.

〈음악 메이트 모집 앱 '밴드하자!' 호평 공개 중!〉

자리에 앉는데 어디선가 들은 적 있는 프레이즈가 나를 맞이했다. 짐작 가는 데가 있는 목소리였다. 중고생들에게 인기 있는 음악 앱, '밴드하자!'의 광고다. 최근 100만 다운로드를 돌파했다며 난리 법석인 앱이다.

그리고 이 목소리는 대세 중의 대세, 목소리만 들어도 사람들의 심장을 두근거리게 하는 힘이 있는 소고 리코의 음성이다. 그녀는 현재 텔레비전을 켜면 나오지 않는 날이 없을 정도로 대단한 인기를 구가하고 있다. 음악 방송은 물론 예능 방송에서도 서로 데려가려고 안달이다. 명랑하고 쾌활한 성격인 데다가 애교로 무장한 미소는 남녀노소에게 가리지 않고 사랑을 받는 이유가 아닐까 싶다. 소고 리코는 그렇게 데뷔한 지 2년 만에 톱 아이돌의 길을 달려가는 중이었다.

그런 그녀가 나와 같은 나이라니… 하늘은 도대체 무슨 생각인건지. 신이시여, 너무 한쪽 편만 들어주는 것 아닌가요?

〈당신의 하트에 BANG!〉

어라, 뭔가 잘 모르겠지만, 하트에 BANG 당하고 말았다…. 생각지도 못한 유탄流彈이잖아!

"소고 리코, 정말 귀엽지 않아? 한 번이라도 좋으니까 사귀어보고 싶어!"

이 발언을 한 제 분수도 모르는 바보는 기분파인 타나카다. 야구부에 소속된 이 녀석은 빡빡머리에다가 도무지 여자에게 인기를 끌 만한 타입이라고 하기 어렵다. 평범한 남자가 그렇게 척척 아이돌과 사귈 수 있다면 이 세상에서 아이돌 오타쿠가 모두 사라질 거다!

"진짜 귀엽지! 나도 소고 리코에게 BANG 당하고 싶어!"

아, 바보가 또 한 명 늘어났어…. 그리고 대체 BANG 당한다는건 무슨 상황인 거야? 두 시간짜리 스페셜 드라마의 시체 역할이라도 하고 싶다는 건가?

나는 시끄럽게 떠드는 쪽을 바라본다. 우리 반 계급 중 최상위집단이 스마트폰을 보며 이야기에 열중하고 있었다. 정말 이 녀석들은 질리지도 않는 녀석들이다. 매번 있는 일이지만 목소리가 너무 크다. 쉬는 시간에는 느긋하게 혼자서 음악을 듣고 싶은데, 너무 시끄러워서 신경질이 난다.

"근데 이 '밴드하자!'라는 건 어떤 앱이야?"

"뭐야, 너 아직도 몰라? 어쩔 수 없네. 내가 설명해주지!"

왜 타나카 녀석이 득의양양한 거지? 네가 앱을 개발한 것도 아니잖아!

"줄여서, '밴하'. 중고생을 타깃으로 한 음악 메이트 모집 앱이야!"

"음악 메이트?"

"음악 메이트란 건 팔로워를 뜻해. SNS 기능이 있어서 친구들끼리 음원이나 동영상을 자유롭게 공유할 수 있어! 그리고 이 앱의 최대 특징은 밴드 멤버를 모집할 수 있다는 거지!"

"오~ 친구들끼리 밴드를 만든다는 거야?"

"맞아! 함께 밴드를 만드는 상대를 밴드 메이트라고 부르거든. 자신이 연주하는 동영상 같은 걸 업로드해서 재생 수를 카운트하고, 그게 앱 안에서 순위화되거든! 재생 수가 많은 사람들은 연예인 취급을 받을 정도로 인기야."

타나카의 설명을 들으니 전혀 관심 없던 나조차도 앱의 개요가 한번에 파악이 되었다. 조금 더 들어 보니, 이 앱을 이용하는 사람의 목적은 둘로 나뉜다고 한다. 우선 SNS 기능을 활용해서 자신의 취향에 맞는 밴드를 발굴하는 것. 다른 하나는 마음에 맞는 사람들과 밴드를 만드는 것. 흐음. 그렇구나.

"밴드라….'

그 단어를 떠올리는 것만으로도 괴롭다. 지금 당장 이불을 뒤집어쓰고 몸부림치며 뒹굴고 싶은 기분이다. 문화제에서 팀을 꾸린 그 밴드로는 줄곧 꿈꿔왔던 것을 이루기는커녕 평생 가는 트라우마나 하나 얻을 뿐이다.

지금의 무기력한 나는 빈껍데기에 불과하다. 내 알맹이는 그 무대에 묶인 채 아직도 울고 있다.

"너네, 뭔가 재밌는 얘기하고 있네."

타나카 무리의 대화에 성가신 녀석이 끼어든다. 지루한 듯 턱을 괸 채로 안 듣는 척하더니 약삭빠르게 이야기는 빠짐없이 듣고 있었던 모양이다. 교칙 위반인 빨간 머리에 교복도 제대로 갖춰 입지 않은 상태였다. 라스트 보스의 분위기를 풍기는 저 녀석은 아카시다. 나는 이 녀석의 어딘지 삐뚤어진 모습이 못내 마음에 들지 않았다.

"나도 그 '밴드하자' 어쩌고 하는 거, 등록해볼까?"

"응? 아카시도 밴드에 관심 있었어?"

"물론 있지."

꿈적꿈적 몸을 일으킨 아카시는 스마트폰을 꺼내 들었다.

"바케네코, 나랑 밴드 같이 하자."

나는 허를 찔려서 먹고 있던 빵을 내뱉고 말았다!

아카시는 히죽히죽 장난기 섞인 얼굴로 한 명의 여자아이에게 말을 걸고 있었다.

"왜 바케네코한테?"

모두가 당황해서 어안이 벙벙하다. 나 또한 입을 멍하니 벌린 채였다. 바케네코. 본명, 아다시노 네코. 나와 같은 반 아이다. 아다시노 네코는 어딘지 둔해 보이는 녀석이다. 머리카락은 언제나 자다 나온 것처럼 푸석푸석하고 시대를 착각한 듯한 동그란 안경은 흡사 1980년 대의 개그 만화에 등장할 법한 풍모다. 그녀에게 '바케네코(괴물 고양이-옮긴이)' 같은 시답잖은 별명이 붙은 연유다.

투명인간인 나조차도 너무 가여워서 동정하게 된다고. 아카시 녀석, 도대체 무슨 생각인 거지?

예상대로 당황한 듯 아다시노는 입을 오므린 채로 얼빠진 얼굴로 굳어버렸다.

"역시, 아카시, 진짜 쩐다!"

일순 무리가 시끌벅적해진다. 이놈이든 저놈이든 상스럽게 배를 붙잡고 웃는다. 속이 뒤집히고 불쾌해진다. 어째서 이런 상황에서 웃음이 나올 수 있지?

"어떻게 할 거야? 같이 할래? 말래?"

아다시노는 결국 고개를 숙이고 말았다. 괴롭힘을 당해서 분한 것이다. 아니면 공포로 떨고 있을지 모른다. 아다시노의 몸이 희미하게 떨리고 있었다.

쿡, 하고 가슴이 아파 왔다. 아다시노 또한 서툴지만 열심히 살아가고 있다고… 이야기하려다 만다. 이놈이든 저놈이든 근성이 썩어빠졌다. 마음 깊은 곳에서부터 화가 샘솟는다.

하지만 그렇게 생각을 하면서도 아무 대거리도 하지 못하는 자신에 이내 실망하고 만다.

무사안일주의. 내 쪽이 더 근성도 없는 쓰레기 자식인 것은 아닐까….

잠시 후 아카시는 큭큭, 하고 비둘기처럼 목을 흔들기 시작하더니 결국 과장되게 웃음을 터뜨렸다.

"푸하하하! 너랑 같이 밴드를 할 리가 없잖아! 바케네코! 이런 음기로 가득 찬 녀석에게 밴드가 어울릴 리가! 웃음 참느라 죽는 줄 알았네!"

본인이 나서서 말을 꺼낸 주제에 아카시는 정말로 제멋대로인 말을 내뱉는다. 이렇게 놀이 상대 취급을 당하는 건 아무리 그래도 불쌍하다…. 견디기 어려워져 얼굴을 돌린다.

"밴드 따위가 뭐가 재밌어? 눈에 띄고 싶어서 안달인 녀석들이 멋있는 척하면서 노래를 부르는 것뿐이잖아? 그런 거 보잘것없어!"

보잘것없다고? 생각지도 못한 그 한 마디가 방아쇠가 됐다. 나는 어금니를 꽉 깨문다. 온몸의 혈액이 머리 쪽으로 솟아오르는 것만 같다.

아니야. 무시하지 마. 깔보지 말라고! 음악은 보잘것없지 않아!

로큰롤은 이런 한심한 내게도 꿈을 보여주고 있어.

―무대 위에서 빛을 발하는 히어로가 되는 꿈을!

어느새 나는 자리에서 일어나 아카시에게 달려든 채였다.

"뭐야, 너? 누구야?"

엉? 같은 반인데 이름조차 모른다고? 하지만 지금은 그런 것에 침울해할 때가 아니다. 아카시의 어깨를 붙잡고 흔들면서 나는 질문을 퍼붓는다.

"보잘것없다고? 왜 그렇게 생각하는데?"

조용해지는 교실. 하지만 정적을 깨듯 아카시의 입 끝이 올라간다.

"엉? 뭐야, 그 목소리! 웃기잖아! 어이, 너네도 그렇게 생각하지?"

반 친구들의 조소가 나를 향한다. 지금까지 쌓아온 것이 와르르 무너지는 소리가 들렸다. 이렇게 될 것이 두려워서 지금껏 말을 하지 않고 생활한 것이다. 목소리 탓에 바보 취급을 받아 왔으니까.

하지만 그것이 어쨌다는 건가. 아카시가 나를 어떻게 바라보는지 따위 아무래도 좋다. 로큰롤의 명예를 더럽히는 일에 내 분노가 터져 나오기 시작했다.

여기서 아카시의 오만불손함을 허용하고 만다면, 나는 그저 겁쟁이일 뿐이다! 양보할 수 없어. 아무리 한심하게 납죽 엎드려 산다고 해도, 이 꿈이 바보 취급받는 것만은 견딜 수 없다고!

"내 목소리 따위 아무래도 좋잖아! 너 같은 자식에게 아다시노를 놀릴 권리는 없어! 어서 답해 보라고! 밴드가 왜 보잘것없는지!"

"엉? 너, 너무 막 나가는 거 아니야? 지금 누구한테 말하는지 알고 있어?"

하지만 허세와 달리 형세는 가볍게 역전됐다. 아카시에게 밀쳐진 나는 비참하게 엉덩방아를 찧었다. 분해서 견딜 수가 없었다.

밴드를 경시당한 것에 대한 분개. 마음속 깊은 곳에서 끓어오르는 분노. 부글부글 끓어대는 그 감정이 억눌러 있었던 내 자아를 끄집어냈다.

"지금 당장 사라져버리기를 몇 번이고 바랐는지 몰라…."

"뭐? 무슨 얘기야?"

그럼에도 시야를 가득 채우는 그 광경은 사라지지 않았다.

"한 명, 또 한 명, 관객이 자리를 떠서 사라지는 광경이 뇌리에 새겨져서 떨어지지 않는다고…."

그래도 말이야. 내 좌절을, 보잘것없다는 말로 마무리 짓고 싶지 않아.

나는 몸을 일으킨다. 그리고 나를 향해 비웃는 리얼충들에게 주먹을 겨눈다.

"대답하라고! 음악에서 꿈을 보는 게 뭐가 나쁜데! 무엇 하나 발을 내디딘 적 없는 네놈들의 인생이야말로 무슨 가치가 있는지 말해보라고!"

거기서 문득 제정신을 되찾고 할 말을 잊었다. 주먹에서 힘을 빼고 축 늘어뜨린다.

무슨 가치가 있어? 그 말은 나 자신에게 하는 말이기도 했다.

오카미 토오루, 너는 무참히 꿈이 깨진 채 목표 따위 잊어버린 지 오래잖아.

무척이나 좋아하는 밴드의 굉음이 망가진 라디오 카세트처럼 뇌 안에서 끊임없이 반복 재생됐다. 외톨이인 교실에서 나를 위로하는 것은 그들이 내뱉는 로큰롤의 멜로디였다. 이렇게 자존감이 바닥을 쳐도 나는 아직 음악에 의지해 살아간다. 하하, 불쌍하지?

깨닫고 말았다. 이건 그저 엉뚱한 화풀이다. 성격이 나쁜 건 내쪽 아니야?

"뭔 헛소리를 지껄이고 있어? 까불지 마, 이 새끼야!"

아카시에게 떠밀린 내 몸은 주변의 책상과 함께 뒤로 밀린다. 그야말로 나한테 어울리는 마무리다. 넘어지는 와중에 책상에 부딪힌 걸까. 입안에 피가 스민다.

분노에 몸을 맡긴 채 하필 아카시의 역린을 건드리고 만 것이다. 남은 학교생활은 최악의 형태가 되겠지. 바케네코를 향하던 조소는 틀림없이 나를 향할 것이다. 얌전하게 투명인간인 채로 지냈으면 좋았을 텐데. 나는 진정한 바보다.

하지만 양보할 수 없었다. 그 말만은 철회하게 하고 싶었다. 밴드는 보잘것없지 않다.

"무슨 소란이야?"

간발의 차였다. 이대로 아무도 중재에 나서지 않았다면 나는 그후 엉망진창이 되도록 얻어맞았을 것이다.

달려온 것은 담임 교사인 유메사키 우사기 선생님이었다. 다행인 건 이 선생님은 어찌 됐든 인망이 좀 있는 편이다. 지금 시대에는 보기 드문 열혈 교사라고 해야 할까. 그래서일까. 아카시는 선생님의 등장에 갑자기 얌전해졌다.

"쳇…."

기분 나쁜 듯 혀를 차더니 아무 일도 없었다는 듯 자리로 돌아간다. 구경꾼들도 각자의 자리로 흩어졌다.

"아야…."

아픈 팔을 쓰다듬으며 나는 상반신을 일으켜 세웠다. 그때 눈앞에 가냘픈 하얀 손이 나를 향해 다가오는 게 눈에 들어왔다. 주뼛주뼛 떨면서, 어떻게 하면 좋을지 알지 못한 채 그저 손을 쭉 뻗어오는 그림자.

"땡큐…."

그 떨리는 손을 잡는다. 온기가 피부로 전해져 곧장 온몸에 스며들었다. 바케네코가 나한테 손을 내밀어주었다. 내가 일어서자 곧장 아다시노는 손을 놓는다. 너무 급한 동작에 조금 위축되고 만다.

"아카시, 이리 와. 무슨 일이 있었는지 교무실에서 들어봐야겠네."

아카시는 뻔뻔한 태도를 보인다. 느긋하게 고개를 끄덕이더니 나를 노려보면서 몸을 일으켰다.

"나머지는 다들 자리에 앉아. 수업 곧 시작하니까."

유메사키 선생님은 손뼉을 치며 움직였다.

"그리고 오카미. 너는 방과 후에 면담할 거니까. 수업이 끝나면 교실에서 기다려."

연타를 가하듯 담임이 말했다.

"아니… 저는 피해자인데…."

"응? 뭐라고?"

담임의 날카로운 눈빛을 본 나는 이내 포기한 채 고개를 끄덕인다. 왜인지 조금 마음이 차분해졌다. 내가 저지른 일의, 내 트라우

27

마의 실체가 객관적으로 보이기 시작했다.

지금의 나는 기껏해야 라이브 한 번밖에 한 적 없는 입만 산 놈이잖아. 잘난 척 설교를 할 처지도 아니야. 한 번 더 발을 내딛지 않으면 나도 저 녀석들과 다를 바 없어.

"젠장…."

누구를 향해 내뱉은 것인지도 알 수 없는 말이 더욱더 자신을 비참하게 만들었다.

　　　　※

기다리다 진이 빠진다는 말은 지금 상황을 두고 하는 말일 것이다. 똑딱똑딱 나아가는 시계의 초침만이 주변에 단조로운 리듬을 깨운다. 무척이나 서글픈 기분이 들었다.

"아무도 안 오잖아…."

종례 시간이 끝나고 모두가 삼삼오오 해산한 후, 홀로 남은 텅 빈 교실. 담임이 지시한 대로 얌전하게 기다리고 있기는 한데…. 이래저래 벌써 30분이나 지나 있었다. 그런데도 기다리는 선생님은 나타날 것 같지 않았다. 지금 나는 자기혐오 때문에 정신이 붕괴하기 직전이라고! 면담 따위 빨리 마치고 집으로 돌아가고 싶은 심정이었다.

그냥 내버려 둘 걸 그랬다. 왜 거기서 내가 앞에 나서버린 걸까. 자문자답은 이윽고 하나의 결론에 도달했다.

"나, 아직 밴드에 미련이 있는 걸까…."

그렇게 말하고 천장을 올려다보는데, 드르륵 문이 열렸다.

담임 녀석. 이렇게 오래 기다리게 하고 말이야. 덕분에 쓸데없는 것까지 생각하게 됐잖아. 아무리 선생님이지만 바른 소리를 한 번쯤 해줘야겠다는 생각에 팔짱을 끼고 문 쪽을 바라봤다.

"어…?"

내 입에서 얼빠진 소리가 새어 나와버렸다. 의문, 당황, 기겁! 다양한 감정이 공기에 섞여 입에서 튀어나온 것이다.

"누구야, 너?!"

뭔가 이상한 녀석이 갑자기 교실에 들어왔는데?

짧은 파란 머리가 고양이의 귀처럼 삐죽삐죽 뻗어 있고, 볼록 튀어나온 입술에는 붉은 립스틱이 칠해져 있었다. 투명하고 흰 피부 덕분에 인상이 더 강렬하게 다가왔다. 화려한 장신구에 비해 무척이나 단정한 얼굴 생김새다.

세련된 검은 재킷과 스키니 팬츠. 허리 주변에는 스카프를 둘렀고, 엉덩이 부근에는 꼬리처럼 생긴 액세서리가 붙어 있었다. 키는 나보다 조금 작은 정도일까.

이 녀석의 전체적인 용모는 애니메이션의 캐릭터처럼 정교하게 만들어져 있었다. 무엇보다 내 시선을 끈 것은 이 녀석이 야단스럽게 허리춤에 매달고 있는 물건이었다.

왜 이 녀석이 이런 걸 가지고 내 눈앞에 나타난 거지? 하필이면 이렇게 마치 노린 것 같은 타이밍에….

파란 몸체는 뿔처럼 뾰족하고, 수많은 고양이 발자국이 그려져 있었다. 그리고 탱탱하게 묶여 있는 여섯 개의 실에서는 새되고 도

발적인 고음이 흘러나올 것만 같았다.

"왜 일렉트릭 기타를…."

답을 하기에 앞서 이 미소년은 스카프를 망토처럼 휘두르며 교단에 섰다. 그리고 입을 일그러뜨리고 한순간 주저하는 모습을 보인다. 하지만 교탁에 발을 올리고는 그대로 단번에 올라섰다.

넋이 나가버린 나는 얼빠진 얼굴로 미소년을 올려다본다. 이 녀석에게는 설명하기 어려운 화려함이 있었다. 그 위용이 내뿜는 늠름함에는 같은 남자인 나조차 반해버릴 정도였다.

"스테이지는 이 정도 높이려나…."

미소년이 의미심장하게 중얼거렸다. 스테이지라니 무슨 말을 하는 거지?

교탁에서 나를 내려다보던 미소년은 딱딱한 표정을 풀더니 이상한 말을 꺼냈다.

"아까는 고마웠어. 정말 기뻤어."

"…잠깐, 무슨 얘기야?"

공교롭게도 이 녀석에게 감사의 인사를 들을 만한 일을 한 기억이 없다.

"네 안에도 아직 음악에 대한 열정이 남아 있던 것 같네."

—보잘것없어

점심시간에 아카시가 내뱉은 모욕적인 말이 회전목마처럼 빙빙 맴돈다. 분명 그 한마디에 이미 말라비틀어져 버렸다고 생각하던 불씨가 다시금 불타오르는 소리가 들렸다. 내 두 다리는 반사적으로 빠르게 움직였다.

하지만 이상하다. 왜 이 녀석이 그걸 알고 있지? 나와 아카시가 벌인 짓을 교실의 어딘가에서 보고 있었다는 건가? 아니, 애초에 왜 이 녀석이 내가 밴드를 했던 것을 알고 있는 거지…?

"너, 누구야…?"

내 말에 녀석은 오른손을 앞으로 쭉 뻗어왔다. 그 동작이 주는 의미를 생각하다 온몸에 전류가 흐르는 듯했다. 추론컨대, 앞뒤가 맞는 가설은 하나뿐이다.

설마. 설마라고는 생각한다. 하지만, 그렇지 않은가. 타이밍이 너무 딱이잖아. 그렇다고 한다면 모든 게 설명이 된다…. 내 오른손에 아까의 가냘픈 손의 감촉이 되살아난다.

"설마, 너 아다시노야…?"

바케네코. 언제나 언동이 수상하고 모두에게 놀림받는 여자아이. 당황해하는 나를 앞에 두고 느긋하게 녀석이 고개를 끄덕였다.

"아니, 잠깐 기다려 봐! 말도 안 되잖아. 네가 바케네코라고?!"

"응. 그게 왜?"

"그게 너, 아무리 봐도…."

나와 대치 중인 이 미소년. 내가 아는 그 여자아이와는 얼굴 생김새도, 몸의 동작도 너무나도 다르다. 어디를 어떻게 떼어놓고 봐도 지금 이 녀석은 남자로밖에 보이지 않았다. 이 모습을 보고 아다시노라고 믿는 게 오히려 더 이상할 정도였다.

"미안하지만 나는 네가 알고 있는 그 바케네코가 맞아."

단언해버렸다…. 내 몸이 경직된다. 머릿속이 그저 텅 비어버렸다. 그 바케네코가 어째서 일렉트릭 기타를 매고, 거기다 남장까지 한 채로 내 눈앞에 나타난 거지? 이거, 무슨 농담이야?

"너, 남장 취미가 있었어…?"

아다시노는 뻔뻔하게 웃는다.

"나 남장, 어울리지 않아?"

어울리지 않는다고 생각하는 것이 아니다. 이해가 안 되는 것뿐이다. 누군가 설명 좀 해줘. 여자들은 아무 거리낌 없이 그저 자기가 좋아서 남장을 하곤 하는 거야?

"나한테는 이 파란 머리가 마법이거든."

"마법? 어? 그러고 보니 그거 가발이지…?"

아다시노는 조금 삐져나온 고양이 귀에 손을 대고 끄덕였다.

"이건 내가 비주얼계로 다시 태어나는 마법이야!"

"비주얼계?"

말하고 나서야 납득이 갔다. 검은 계열의 의상. 화려한 머리카락과 화장. 그리고 일렉트릭 기타. 그 복장은 그야말로 비주얼계 밴드라 할 수 있었다!

"너는 너 자신을 좋아한다고, 진심으로 말할 수 있어?"

"자기 자신을? 아니…."

나는 내가 싫다. 내세울 것 없이 약하고 수수한 데다 목소리마저 이상하다. 좋은 점이라고는 하나도 찾을 수 없다. 나를 꿰뚫어보고 있는 거야? 아니, 이건 그런 이야기가 아니다. 분명 아다시노 또한….

"나는 내 자신이 너무 싫거든. 시시하고 아둔한 바케네코인 내가."

아무렇지도 않게 자기 자신이 싫다는 이야기를 꺼낸다.

"그러니까 이 남장은 내가 나에게 거는 마법이야."

이건 또 무슨 엉뚱한 소리지.

"나는 사람들 앞에 나서는 게 거북하거든. 내 자신이 싫어서…."

"그래서 별 볼 일 없는 자신의 본 모습을 숨기고, 화려한 비주얼계가 되려고 한 거야?"

"비주얼계 밴드는 말이야. 나를 받아들여 줬어. 내가 아무리 자기부정과 자기혐오에 빠져 있다 해도 음악은 날 용서해줬어. 그리고 내 안에 있는 어두움을 마주할 수 있게 해줬지. 그래서, 아예 완전히 비주얼계 밴드가 되어버려도 좋지 않을까 생각했어."

아다시노의 발상은 왜곡되어 있었다. 하지만 그렇게까지 해서 자신을 바꾸는 것도 어쩌면 아름다운 일일지도 모른다. 나 역시 비슷한 계기로 밴드를 시작했으니까.

제아무리 수수한 녀석이라고 할지라도 악기를 들고 스테이지에 올라서면 음악의 마법에 걸리게 된다. 게다가 스포트라이트까지 받게 되면 그 무대 위에서 완전히 히어로가 된다. 나 역시 그런 존재가 되고 싶었다.

"다른 사람이 어떻게 생각하는지는 상관없어. 지금 이 모습이 내가 그리는 이상적인 나니까!"

당당하게 선언한다. 그 모습에 전혀 주저란 없다.

"너는 아까 아카시에게 물었었지? 밴드가 뭐가 보잘것없냐고.

그 답을 나는 너와 함께 찾고 싶어."

순간 숨이 멎는 건 아닐까 생각했다.

머리에 피가 솟아서 아카시에게 대들었던 그 장면. 솔직히 무슨 말을 내뱉었는지 확실히 기억나지 않는다. 하지만 아다시노가 여기에 나타난 이유는 단 하나뿐 아닐까…?

허리춤에 걸려 있는 기타가 그 사실을 여실히 드러내 주고 있었다.

"설마, 나랑 같이 밴드를 하고 싶은 거야?"

둘의 시선이 맞는다. 그리고 시간이 멈춘 듯 정적이 흐른다. 찰나의 침묵을 아다시노가 걷어차 버린다.

"나는 네가 노래 부르던 그 목소리를 잊을 수 없어."

그동안 줄곧 증오해오던 내 목소리에 처음으로 찬미가 쏟아진다.

"나는 계속 박수를 보냈어. 앙코르를 바라는 박수를 말이야. 그리고 네가 무대 옆으로 내려올 때까지 나는 계속 지켜봤어."

지금도 그 건조한 박수가 꿈에 나온다. 적당히 손을 맞부딪치는 영혼 없는 무심한 리듬. 왜 깨닫지 못했지? 그 안에 아다시노의 마음이 담긴 박수가 있었다는 것을. 내 스테이지를 즐겨준 사람이 있었다는 것을. 분수에 맞지 않게 기뻐 날뛸 것만 같았다. 하지만 그렇게 행동하지 못한 이유는 분명, 그 무대에 남겨두고 온 한없이 무력해진 내 자신이 다시 내 발목을 잡았기 때문이다.

"그 스테이지, 칭찬받을 만한 수준이 아니었잖아… 연주도 엉망이었고… 나는 밴드를 하나로 모으지 못했어… 다음에도 같은 일을 반복하게 될지 몰라…"

맞다. 그뿐 아니라 나는 멤버들을 너무 신경 쓴 나머지, 의견조차 내지 못했다. 각각 대등한 입장에 서지 않으면 밴드 따위 성립하지 않는다. 줄곧 혼자여서 사람들과의 의사소통에 서툰 나는 밴드를 하기에는 부적합한 인간이다.

"그렇지 않아. 너는 내 히어로니까."

"히어로?"

분명 그건 내가 되고 싶었던 존재다. 하지만 나는 그런 히어로 동영상에 나오는 빨간 의상을 입은 이들과는 달리 리더십이라고는 없는 인간이다. 겁쟁이인 데다가 체격 또한 왜소하다. 그런데 아무래도 아다시노는 그렇게 생각하지 않는 듯했다.

"답해주지 않을래? 네 꿈은 이미 끝나버린 거야?"

"내 꿈?"

"너는 그 스테이지에서 꿈을 보지 않았어? 나도 마찬가지야! 언젠가 그 무대에 서서 이 기타를 연주하는 거야! 사람들 앞에 나서는 게 고통스러웠던 수수한 바케네코가 몇백 명, 몇천 명의 마음을 사로잡는 거지! 너도 네 목소리에서 그런 꿈을 그려본 것 아니야?"

머리가 녹아내릴 것만 같다. 분명 그 스테이지에서 나는 꿈을 보았다. 반짝거리는 스포트라이트를 맞으며, 아다시노가 말하는 히어로가 되고 싶었다. 하지만 그건 만화에서나 일어나는 이야기다. 외톨이가 현실 세계에서 밴드 따위 만든다고 한들 비참한 결과만 맞이할 뿐이다.

"하지만 나…, 목소리가 이 모양이라…. 그날도 다들 기분 나빠하고…."

입에서 나오는 건 부정적인 말뿐이었다.

"나는 네 목소리가 좋아! 그러니까 자신감을 가져도 돼!"

"내 목소리가 좋다고? 그건 네 취향이 이상해서 그런 거 아니야? 아까도 아카시가 모두에게 말했잖아. 이상한 목소리라고…"

"그렇게 말하고 싶은 놈들은 그렇게 말하게 내버려둬! 네 목소리는 비주얼계 밴드에서는 천하를 휘어잡을 수 있는 목소리니까!"

"뭐? 천하라고? 아무리 그래도 그건 너무 과장된 거 아니야?"

"아니야. 내게는 보여. 네 고음이 폭음을 꿰뚫고 관객의 마음에 꽂히는 광경이! 그 광경을 상상하는 것만으로도 가슴이 두근거려…"

그렇게 말하는 아다시노의 두 다리가 기분 좋은 흥분으로 떨리고 있었다. 사람 앞에 서는 것이 두려워서 자신의 진짜 모습을 숨기고 있는 소녀가, 자신을 지키는 갑옷을 스스로 벗어 던지려고 하는 중이다.

그 모습은 경이롭기 그지없었다. 안경을 벗기까지는 꽤 큰 갈등이 있었으리라. 그렇게까지 할 무언가가 나한테 있다는 말이야? 아다시노는 나를 히어로라고 말했다. 아니, 오히려 나에게 이 녀석이…

아다시노는 숨을 크게 들이쉬더니 무척이나 맑은 목소리로 외쳤다.

"나랑 비주얼계 밴드, 같이 하자!"

밴드. 그 말에 내 마음이 울리고 말았다. 그날, 내가 손에서 떼어놓고 만 것. 그럼에도 불구하고 계속해서 동경해온 것.

"네 눈으로 판단해주었으면 해. 내 기타가 네 마음에 가닿지 않는다면 거절해도 괜찮아. 하지만 아주 조금이라도 내 옆에서 노래를 부르고 싶다는 마음이 든다면 그 목소리를 나한테 맡겨주었으면 해!"

말을 끝낸 아다시노의 손가락이 피크를 쥐어 든다. 그리고 주저 없이 팽팽하게 묶인 현에 손을 가져다 댄다. 피크에 퉁겨진 현이 철사 같은 소리를 낸다. 앰프를 연결하지 않은 일렉트릭 기타에서는 무척이나 불쾌한 소리가 났다.

하지만 신기하게도 영상이 떠올랐다. 관객들이 손을 높이 올리는 정경. 그건 아다시노의 열기에 휩쓸린 일종의 환상이었을지도 모른다. 아니, 엄연히 다르다. 이 녀석은 지금 내게 그날 이후의 광경을 보여주고 있다.

연주 중인 노래는 문화제 스테이지에서 내가 부른 〈HERO〉라는 곡이었다. 프렛 위를 능수능란하게 움직이는 화려한 손가락은 상상을 넘어서는 힘으로 현을 제압했다. 아다시노에게 잠들어 있던 마치 짐승의 울부짖음 같은 광기가 깨어난다. 있을 리 없는 환호가 내게 들려온다. 작년에는 이 곡으로 앙코르를 끌어내지 못했는데, 기막힌 선곡이다.

아다시노는 마치 홀린 듯 로큰롤을 연주한다. 열기를 품은 노이즈는 음표의 열차가 되어 내 마음 주변을 빙글빙글 돈다. 압도적인 속도로 질주하는 소리의 열차는 불과 몇 초 만에 자물쇠가 걸려 있던 문을 돌파했다.

하지만 그 순간, 다시 들춰내고 싶지 않았던 트라우마가 흘러넘치고 말았다. 내 볼에 눈물이 흘러내리고 있었다. 뚜껑으로 꾸역꾸역 덮어놓았던 기억이 플래시백된다. 처음으로 스테이지에 섰을 때 느꼈던 긴장감. 부푼 마음으로 뛰어오른 스테이지에서 무참히 짓밟힌 내 꿈.

아니야. 잠깐만. 귀를 기울여 봐. 건조한 박수 속에서 들려오지 않아?

한 명. 단 한 명뿐이지만, 나에게 앙코르의 박수를 보내주는 녀석이 있잖아.

줄곧 싫어했던 이 목소리를 기다려준 녀석이 있었어.

아다시노가 빚어내는 멜로디가 내 귀를 찌른다. 몇 번이고 고막을 울리고 말로는 전할 수 없는 것을 형태로 만들어간다. 아, 맞다. 멋없는 말 따위 필요 없다. 기타 소리에 맞춰서 내 목소리를 내면, 분명 제대로 전달되리라.

음악으로 말을 걸어준 아다시노의 열의는 나한테 정확히 와닿았다. 한층 더 큰 동작으로 현을 퉁기며 마침내 아다시노의 연주가 끝이 났다. 그 턱에 땀이 맺혀 있었다. 크게 어깨를 떨면서 나를 바라본다.

"내게 네 꿈을 맡겨줄 마음이 들었어…?"

숨이 찬 목소리로 아다시노는 내게 말을 걸어왔다. 상냥하게 감싸 안은 듯한 목소리에 나는 저항할 수 없었다.

"응. 네 마음은 잘 전해졌어. 네가 이 목소리가 좋다고 해줬으니

나는 내 목소리를 더는 싫어하지 않을 거야."

모든 것은 아다시노 덕분이다. 그토록 싫어했던 이 목소리를 앞으로는 사랑해줘야겠다는 결심이 선다. 더는 내 목소리를 숨기는 일 따위는 하지 않을 생각이다.

"정말? 다행이야! 나는 네 목소리를 더 많이 듣고 싶거든!"

만약 그날로 시간을 되돌릴 수 있다면 나는 이 녀석과 스테이지에 서고 싶다. 고독한 어둠 속에서 누구에게도 이해받지 못한다며 울부짖던 한 마리의 늑대가 이제 갓 세상으로 나가려 한다. 화려한 조명이 플로어를 밝혀도 늘 시야에는 어둠뿐이었는데, 정말 보이지 않았던 것일까? 아니면, 보려고 하지 않았던 걸까? 이렇게 가까이에 함께 소리를 맞출 동료가 있다는 걸 왜 모르고 있었을까?

문득 내 입에서 웃음이 새어 나왔다.

"하자. 비주얼계 밴드."

나는 두말없이 답한다.

이 녀석과 함께라면 넘어설 수 있을지 모른다. 나는 이제 무대에 남겨두고 온 그날의 망령을 구원하러 가지 않으면 안 된다.

"…응? 왜 그래?"

뭔가 아다시노의 반응이 좋지 않다. 감동적인 분위기임에도 얼굴에 그늘이 져 있었다. 갑자기 몸 상태라도 나빠진 것일까, 하는 걱정이 밀려오는 순간,

갑자기,

"후에에엥……."

얼빠진 소리를 내면서 아다시노는 그 자리에서 무릎을 꿇는다. 이해가 되지 않았다. 어이, 조금 전까지의 위세는 어디로 가버린 거지?

"괘, 괜찮아?"

아다시노의 얼굴이 딱 봐도 창백해지고 있었다. 잘게 떨리는 입술은 새하얗고, 제대로 말을 내뱉지 못했다.

"조, 조금 무리를 했나 봐……."

아다시노의 대인공포증은 생각한 것보다 더 심각한 듯했다. 조금이 아니라 꽤 무리한 것처럼 보였다. 그렇게까지 해서 나를 초대해준 것이 정말 고마웠다.

"실은 나, 높은 곳에 서는 게 무서워서…"

응? 갑자기 무슨 말이야…

"아니, 본인이 올라간 거잖아? 아니, 그보다 교탁은 그렇게 높지도 않잖아!"

"역시 안 되겠지… 나는 항상 사람들을 아래서 올려다봐서인지, 이 정도 높이에 올라서는 것만으로도 빙빙 돌아버린다고 해야 할까…"

"뭐? 그런 상태로 어떻게 스테이지에 올라가서 연주할 셈이야…"

대인공포증과 고소공포증의 이중 콤보라니, 도대체 뭐야…

"어디서 버릇없이! 아다시노, 얼른 내려와."

갑자기 들려온 목소리에 놀라 뒤를 돌아보니, 소리가 들려온 쪽에 작은 실루엣이 보였다. 유메사키 선생님이었다. 어이, 교사가 이렇게 지각해도 되는 거야?

"죄, 죄송합니다…. 지금 내려갈게요."

아다시노가 풀썩 바닥으로 점프했다.

"성공한 모양이네."

"선생님의 지도 덕분이에요. 감사합니다."

아다시노가 예를 표한다.

그렇구나. 아다시노가 혼자서 계획한 건 아닌 모양이었다.

"선생님이 한 몫 거드신 모양이네요…"

"나는 그저 제자가 한 발 내디딜 수 있는 계기를 만들어주고 싶었던 것뿐이야."

"제자라니, 갑자기 제대로 된 선생님 노릇이라도 하시려는 건가요…"

격 없이 대하는 유메사키 선생님은 경음악부의 고문이다.

"갑자기 캐릭터가 너무 바뀐 거 아닌가요…. 평소 모습과 전혀 다르거든요?"

"너희가 제멋대로 유메사키 우사기라는 인간을 오해하고 있는 것뿐이야. 이게 내 본모습이거든?"

선생님은 내게 다가와서는 책상에 하얀 종이를 올려놓았다.

"이게 뭐예요?"

"올해의 문화제 라이브 신청 용지야."

"앗…."

아다시노와 비주얼계 밴드를 만들기로는 했지만, 문화제 라이브 출연을 지금 여기에서 정하는 건 너무 이른 이야기 아니야?

"왜 그래? 그만둘래? 다시 도망치려고?"

"아니요. 조금만 생각하게 해주세요…."

"문화제까지 아직 다섯 달이나 있으니까. 천천히 생각해도 돼."

"개인적으로는…, 리벤지하고 싶긴 한데…."

"오카미. 평가라는 건 스스로 내리는 게 아니야. 네 리벤지는 내가 보고 판단해줄게. 지금까지 오래 기다렸으니까, 네 진심을 내게 보여주길 바라."

선생님은 입 끝을 들어 올리며 미소지었다. 그리고 발길을 돌리더니 복도로 나갔다.

"리벤지…."

문화제까지 다섯 달. 긴 것 같지만 분명 순식간에 지나갈 것이다.

나는 이 괴짜 기타리스트와 함께 그 끔찍했던 스테이지로 돌아간다. 이번에야말로 손에 넣고 싶다. 찢어지는 듯한 끓어오르는 환호성을. 끊이지 않는 박수갈채를. 그리고 그 옆에는 분명 이 남장 기타리스트가 있으리라.

"응? 왜 웃는 거야?"

아다시노가 이상한 듯 목을 갸웃거린다.

"딱히. 아무것도 아니야."

하지만 그런 미래가 나쁘지 않다는 생각이 들었다. 기다리고 있으라고, 내 망령이여. 반드시 너를 구해줄 테니까.

사랑하는 록스타

바케네코가 엄청난 미소년으로 변할 수 있다고 하면, 과연 몇 명이나 그것을 믿어줄까? 아마도 내 이야기를 끝까지 들으려고도 하지 않을 것이다. 까딱하면 병원에 가보는 게 좋겠다는 말을 들을지도 모른다. 아다시노의 화려한 모습은 그만큼 놀라운 것이었다.

그 충격적인 해후로부터 하룻밤이 지났다. 오늘 아침, 교실에 나타난 아다시노는 평소와 다름없는 수수한 모습으로 돌아가 있었다. 계속해서 관찰해봤지만 아다시노가 학교에서 남장 미소년의 변모를 보여주는 일은 단 한 번도 없었다. 청결하지 않은 머리, 얼굴을 뒤덮듯 가린 동그란 안경, 언제나와 같은 모습이었다.

나한테 말을 걸지도 않았다. 수업 중에는 선생님의 질문에 이상한 표정을 짓기도 했고, 점심시간에는 덜렁이처럼 도시락을 엎기도 했다. 오늘의 바케네코는 평소처럼 수수하고 아둔한 바케네코였다.

뭐, 내가 다른 사람 이야기를 할 처지는 아니다. 나 또한 아카시의 보복을 두려워하며 카멜레온처럼 쥐 죽은 듯이 숨죽이고 있으니까…. 나약해 빠졌다고 비웃겠지. 하지만 무서운 건 무서운 거다. 나는 그런 무익한 싸움은 피하는 게 상책이라고 생각하는 타입이니까.

하지만 그것도 기우로 끝나고 말았다. 유메사키 선생님이 문제를 일으키지 말라고 아카시에게 제대로 못을 박아줬기 때문이다. 아카시 녀석, 성적까지 나빠 혹여 진급이 되지 않을까 싶어 잠자코 있는 눈치다. 마치 훈련받은 강아지처럼 아카시는 조용히 선생님의 말을 따르고 있었다.

따지자면 오늘은 평소와 다르지 않는 그런 날이다. 가만히 칠판을 바라보고 있자니, 어제 일이 전부 거짓말처럼 느껴질 정도다. 하지만 분명 꿈이 아니었다. 나는 책상 속에 넣어두었던 종이를 꺼내서 바라본다. 문화제 라이브 신청서. 어제 유메사키 선생님이 건네준 것이다.

"비주얼계 밴드라…."

솔직히 말해서 나는 비주얼계라는 장르는 잘 모른다. 솔직히 말해 '이제 와서 비주얼계 밴드?'라는 생각이 들지 않는 것도 아니다. 그렇다면 그 단점을 뛰어넘을 만할 무언가가 비주얼계 밴드에 있는 걸까, 그것도 아직 모르겠다. 지금부터 밴드를 꾸려나가다 보면 알 수 있으려나.

"늦네…."

나는 교실에서 멍하니 누군가를 기다리고 있다. 방과 후라면 미팅이 빨리 이뤄질 수 있으리라 생각했는데…. 아다시노 녀석, 종례가 끝나자마자 교실을 뛰어나가서는 돌아올 생각을 않는다. 설마 오늘의 약속을 완전히 잊어버린 건 아니겠지?

점점 불안해져 오던 바로 그때.

"오래 기다렸지!"

기세 좋은 목소리가 들려와서 뒤를 돌아본다. 오늘의 미소년 고양이는 우리 학교의 교복 차림이었다. 물론 남자 교복이다. 트레이드 마크인 파란색 가발에 내추럴 메이크업. 이 차림으로 호스트라도 하면 무수히 많은 지명을 받으리라. 그 정도로 잘생겨 보였다.

"너… 그건 어디서 구한 거야…?"

"이 교복? 유메사키 선생님이 구해줬어!"

그 교사는 아다시노를 어쩌고 싶은 건지… 뭐, 매번 어제처럼 화려한 옷을 입는 것도 너무 눈에 띄니까, 이 정도 수준으로 머물러주는 게 더 낫긴 하지만…

"남장을 하지 않으면 난 너랑 제대로 대화도 못 하니까!"

"그걸 지금 자랑이라고 말한 거야?"

어쩔 수 없다. 이 녀석의 증상이 더 악화되기 전에 얼른 교정해야겠다. 그때 아다시노가 내 뒷자리에 자리를 차지하고 앉았다.

"뭐, 뭐야?"

미소년 고양이님에게서 나르시시스트의 아우라가 풍겼다. 한 손을 턱에 괴고, 맑고 투명한 눈으로 나를 바라본다. 아다시노 녀석, 심플한 복장 쪽이 더욱더 미소년처럼 보인다.

"지금이라면 너를 내 것으로 만들 수 있을까?"

의자에 앉아서 몸을 반쯤 기울이고 있던 내 턱을 아다시노가 들어 올린다.

어? 뭐야? 왜 그런 진지한 표정으로 이쪽으로 다가오는 건데…?

"잠깐, 아다시노…?"

어? 뭐야, 이게? 왜 그렇게 획획 다가오는 건데? 저기, 갑자기 극의 장르가 달라지지 않았어? 이거 밴드물 아니었어?

"한번 해보지 않을래?"

"해보다니, 뭐를?"

캐릭터가 갑자기 너무 바뀐 거 아니야? 소녀만화의 왕자님 캐릭터처럼 변해버렸잖아? 아니, 그런데 나, 왜 소녀만화의 히로인처럼 가슴이 두근거리는 건데? 공교롭게도 동성애 취미는 없으니까 참아줄래? 아니, 아니었다! 이 녀석은 이성이었다! 이건 완벽히 성별 사칭이잖아! 너무나도 미소년 같은 외모라서 헷갈린다고!

점점 더 몸을 앞으로 기울이자 미소년 고양이의 얼굴이 더 가까이 나를 향해서 다가온다. 부드러워 보이는 입술이 묘하게 요염해서 나는 완전히 당황하고 만다.

"자, 잠깐만! 너, 애초에 남장은 반칙이잖아?"

"반칙? 왜?"

"비주얼계 밴드를 만드는 건 쾌히 승낙했지만, 그건 어디까지나 세상의 이목을 피하기 위한 수단일 뿐이니까! 설마 내내 남자인 척 살아갈 생각이야?"

"그럼 이렇게 하는 게 어때? 네가 여자아이가 되면 되잖아? 스커트 빌려줄 테니까."

"너무 막 던지는 거 아니야? 이 얼굴로 여장을 해서 어쩌라고!"

나는 기세를 몰아 아다시노의 가발에 손을 가져다 댔다.

"어? 너, 뭐 하려는 거야…?"

"시끄러워! 너 지금부터 내 앞에서 남장 금지야!"

이런 식으로 매번 주도권을 빼앗겨서는 견딜 수 없다고!

"아니, 다시 생각해줘! 남장 없이는 무리야!"

"커뮤니케이션 장애를 극복하는 연습이라고 생각하고 받아들이라고!"

"안 된다니까! 이건 내가 사람들 앞에 나서기 위한 주문이니까!"

양손을 뻗으며 아다시노가 저항한다.

"괜찮아! 지금도 제대로 얘기하고 있고 말이야!"

"그건 이 가발 덕이라고! 부탁이야, 나는 정말로…"

아다시노가 눈물이 그렁그렁한 채로 애원한다. 하지만 여기서 약한 모습을 보이는 건 이 녀석을 위한 것이 아니다. 나는 마음을 굳게 먹고 가발을 벗겨냈다. 그 순간, 검은 머리가 윤곽을 따르듯 좌르르 흘러내렸다. 살짝 땀이 밴 두피에서는 샴프 향과 땀이 뒤섞여 여자아이 같은 향을 발한다. 처음으로 체감하는 이성의 향기는 상상보다도 달콤하게 비강을 뚫고 들어와 나는 격하게 동요했다.

무엇보다 환히 드러난 소녀의 표정이 애처로울 정도로 귀여웠다. 양 볼을 붉게 물들인 채 입술은 파르르 떨리고 있다. 내 눈앞에 있는 건 남자 교복을 입고 있는 그저 한 명의 귀여운 여자아이다…. 지금 저 녀석의 모습을 사진으로 담아 잡지의 표지로 삼고 싶을 정도였다. 그럼, 폭발적인 매출을 기록해서 하향세인 출판업계의 구세주가 될 텐데.

"후에에엥…."

힘이 빠진 아다시노는 그대로 책상 위로 엎드렸다.

"어이, 괜찮아?"

가발을 벗긴 순간, 단번에 이렇게 기력을 잃다니…. 귀를 기울이자, 아다시노는 염불을 외듯 중얼중얼 불평을 터뜨리고 있었다.

"도깨비… 악마…. 사람도 아니야…."

아다시노는 엎드려서는 오른손으로 코를 가린 채 증오로 가득 찬 촉촉한 눈만을 이쪽으로 향한다. 그 모습이 귀여워서 내 목이 "으윽" 하는 소리를 낸다.

뭐야, 이 감싸주고 싶은 생물은…? 아다시노 녀석, 남장 따위 하지 말고 이 본 모습으로 승부하면 훨씬 더 손님을 끌지 않을까? 나는 이쪽이 분명 더 좋은 것 같은데….

"나는… 사람들 앞에 서는 게 무서워서…. 그래서… 그러니까…."

아다시노의 눈에 눈물이 맺히기 시작한다.

"후으… 흐으윽!"

아다시노가 통통 나를 때린다. 그 타격은 젖니로 살짝 깨무는 강아지처럼 부드러워, 뭔가 마음이 느긋하게 풀리는 느낌이다.

"이럴 때… 무슨 말을 하면 좋을지 모르겠다고! 우으으!"

아다시노 녀석, 남장으로 캐릭터를 연기하지 않으면 극단적으로 어휘력이 적어지는 것 같다. 이윽고 마음이 풀렸는지 아다시노는 손을 멈춘다. 그리고 양 볼을 가득 부풀린 채 나를 경멸하듯 노려본다.

"오카미, 미워…. 나, 본 모습을 보이는 거…, 긴장…된다고…. 우으으…."

결국 울음을 터뜨리고 말았다.

"알았어! 미안해! 사과할게! 응? 그렇게 삐지지 마."

이 녀석은 분명 바케네코다. 분한 듯 콧김을 내뿜는 모습도 말도 안 될 정도로 귀여웠다. 이렇게 가련하게 변신하다니…

"그래도 아까 내 말대로 괜찮잖아? 가발을 벗어도 이렇게 제대로 말하고 있으니까."

내가 그렇게 말하자 아다시노는 불만에 찬 듯 입을 뾰족하게 세우고 어깨를 으쓱인다.

"왜 그래?"

"오카미니까… 힘내…서…. 아, 몰라! 바보! 촌스러운 말 하는 중2병!"

툭, 하고 펀치를 먹었다. 역시나 모기가 무는 정도의 세기일 뿐이지만.

"응? 왜 화를 내는 거야… 아니, 애초에 내가 그렇게 촌스러운 말을 했어?"

정말로 여자의 마음은 이해할 수가 없다. 아니, 애초에 여자인지 남자인지 확실히 해줬으면 한다. 나로서는 여자인 바케네코에 한 표를 던지고 싶지만… 하지만 이런 상태로 정말로 사람들 앞에 서서 연주할 수 있을까?

포기한 것처럼 보이는 아다시노는 "하아…" 하고 한숨을 쉬면서 가방을 뒤지기 시작한다.

"자… 여기…"

아다시노는 짧게 중얼거리며 손에 쥔 것을 내게 보여준다. 그건 휴대용 음악 플레이어였다.

"음악 플레이어로 뭐 하려고?"

눈을 내리깐 채 아다시노는 플러그에 이어폰을 꽂고는 내 상태를 살핀다.

"들어주었으면 하는… 곡이… 있어서…"

"응? 비주얼계 곡이야? 얼른 들어보고 싶어."

아다시노는 입을 다문 채 고개를 끄덕이고는 천천히 이어폰을 든 손을 내 쪽으로 뻗는다.

"여기…"

"응."

어떤 리액션을 취하면 좋을지 모르는 나는 그저 이어폰을 받아들고 귀에 꽂아 넣었다. 이렇게 얌전한 모습을 취하면 뭔가 불안한 기분이 든다. 뭔가 꿍꿍이라도 있는 건 아닐까.

"그래서 어떤 곡인데?"

아다시노의 기분이 아주 살짝 들떠오는 듯했다.

"에헴…. 그러니까, 내가 셀렉트한 비주얼계 음악을…, 잔뜩."

아다시노는 슬쩍 시선을 던진다. 뭐야, 그 잘난 척하는 표정은…. 말수는 적지만, 비주얼계 이야기를 할 때의 아다시노는 확실히 즐거워 보인다. 진심으로 비주얼계를 좋아한다는 것이 전해진다. 평소에는 볼 수 없는 모습에 나 또한 절로 웃음이 날 것 같다.

"그래. 그럼 들어볼게."

스타트 버튼에 손을 가져간다. 그러자 커다란 음성이 고막을 때려왔다. 비주얼계 밴드가 연주하는 선율은 내가 들어온 록밴드와는 완전히 세계관이 다른 음악이었다. 예를 들자면, 길을 잃고 빠져든 어둑한 숲속 길을 서성이는 발걸음, 폐허에서 만난 어릿광대가 스스로 독을 마시고는 자살하는 것 같은 이미지가 연상되는, 피와 어둠이 난무하는 퇴폐적인 풍경이었다. 게다가 격렬한 음률은 광기를 불러일으켰다.

다른 밴드는 앞선 밴드와는 또 다른 스타일이었다. 중세 유럽 같은 화려한 왕궁에서 머리카락을 바람에 휘날리며 한 소녀가 춤을 춘다. 멜로디는 그런 탐미적인 풍경을 그대로 그려낸다. 흡사 귀족의 우아한 티 타임 같달까. 하여간, 비주얼계 음악은 어둠과 빛. 퇴폐와 탐미 같이 서로 상반된 이미지와 감정들이 확실히 공존하는 듯했다.

"어때…?"

"솔직히 당황스러워… 비주얼계라고 해도 다양한 색이 있어서 짧은 시간에 소화할 수 있을지 어떨지…"

"응…. 괜찮아…. 서두르지 말고 천천히 알아가면 돼…"

어느샌가 아다시노도 이어폰의 한쪽을 귀에 꽂은 채 몸을 흔들고 있었다. 잠깐만. 아다시노, 너무 가깝다고…. 조금 전까지 부끄러워하고 있었으면서… 음악 이야기가 나오면 갑자기 무방비가 되는 거, 그만두지 않을래?

역시 음악이란 정말 대단하다. 부끄럼쟁이인 아다시노조차도 이렇게 활발하게 만드니. 나 또한 이렇게 음악이 들려오면 무적이 된 듯한 기분이 들고 만다.

봐봐, 역시 그렇잖아. 내가 동경해 온 음악이란 보잘것없는 게 아니라고.

"비주얼계, 꽤 마음에 드네."

로큰롤은 언제나 우리의 이정표가 되어준다. 무엇보다 아다시노가 이렇게 즐겁게 몸을 흔드는데, 나 따위가 부정할 수 있을 리없지 않은가. 비주얼계도 틀림없이 로큰롤의 일종인 것이다. 문득옆눈으로 바라보자, 아다시노의 얼굴에 웃음이 가득했다. 숨길 수없는 미소가 내 안을 가득 채운다.

"흐음. 잔다르크, 디르 앙 블랙. 시로유메. 피에로트. 카스케이더. 라퓨트. 무리. 시다. 라프두리. 에키스! 어떤 것이든 오카미의목소리와 어울릴 것 같아!"

아다시노는 양팔을 교차하여 어깨에 두른 채 몸을 비비 꼰다.자신이 좋아하는 곡을 다른 사람에게 말하는 것이 즐거워서 참을수 없는 거겠지. 그 마음이 충분히 이해됐다. 친구가 없었던 나는부모님에게 내가 좋아하는 노래에 관해 일방적으로 떠들어낸 적이 있었다. 아다시노도 지금 그런 마음이리라.

"음… 실은 정말로 좋아하는 밴드는 따로 있는데…."

플레이어를 조작하는 아다시노는 긴장한 듯했다.

다음으로 들려줄 곡이야말로 아다시노가 진짜로 하고 싶은 음악인 것일까. 그렇다면 더 흥미롭다.

"진짜로 좋아하는 밴드라. 기대되네."

느긋한 자세를 취한 채 귀를 기울였지만, 처음 한 음이 나오자마자 마음속에 폭풍우가 일었다. 뇌가 두개골을 뚫고 튀어나오는것 같은 충격이었다. 솔직히 조금 얕보고 있었다. 그런데 무자비하게 흐르는 폭력적인 사운드에 녹아웃 당하고 말았다.

처음에는 시냇물이 흐르는 듯한 조용한 소리였다. 하지만 노래가 진행되면서 그 스릴 넘치는 살상음은 거룩한 섬광이 되어 나를 집어삼켰다. 다음으로 귀를 의심한 것은 일반인의 상식에 벗어난 드럼. 포탄과 같은 폭발이 귀를 통과했다. 아마도 이 드러머는 평범한 드럼 세트를 사용하고 있지 않은 것 같다. 탐과 심벌의 수도 훨씬 많게 느껴졌다. 그래야지만 이 상상 이상의 연타가 납득이 되었다. 엄청난 실력이 아니라면 쳐낼 수 없으리라.

베이스 또한 지지 않는다. 본래 베이스는 다른 악기에 비해 조용한 소리이기에 묻히기 쉽다. 하지만 귀를 기울이면 확실히 들려온다. 기타와 드럼에 맞춰서 어울리는 경이로운 중음이.

나도 모르게 가슴에 손을 얹고 있었다. 손에는 셔츠가 구겨질 정도로 힘이 들어가 있었다. 이윽고 엄청난 테크닉의 연주를 굴복시키는 듯한 편안하고 무상한 고음이 뻗어 나왔다. 보컬의 가창력은 가히 압권이었다. 섬세한 음색이 부드럽게 말을 걸다가 이내 어둠을 물리치는 것처럼 강하게 샤우팅한다. 모든 음표를 차례로 쓰러뜨리는 압도적인 존재감.

아다시노가 이것을 추천해준 의도를 알 것 같다. 분명 이 음악이라면 내 목소리가 빛을 볼지도 모른다. 그런 예감을 품게 하기에 충분했다.

"아다시노… 이 밴드, 이름이 뭐야?"

나는 들뜬 목소리로 아다시노에게 물었다.

"이건… '우미츠키'라는 밴드."

"아, 이게 '우미츠키'구나! 분명 도쿄돔을 매년 매진시키는 전설적인 록밴드지?"

"맞아⋯. 퇴폐, 탐미. 그런 세계관을 구축한 비주얼계의 시초라고 불리는 밴드지. 근데 오카미가 문화제 때 부른 〈HERO〉도 '우미츠키'의 곡인데, 몰랐어⋯?"

"어? 거짓말이지? 내가 들은 음원은 이런 목소리가 아니었는데?"

"'우미츠키'를 동경해서 밴드를 시작한 사람들도 많으니까⋯. 장르를 불문하고 프로로 성공한 밴드 대부분이 그들의 영향을 받았다고 해도 과언이 아니야. 문화제 때 연주한 버전은 오리지널과 완전히 달랐으니까, 아마도 다른 밴드가 커버한 것을 참고로 한 건지도 모르겠네⋯."

"듣고 보니 분명 그런 것 같기도 해⋯."

오리지널의 음원은 내가 알던 곡과는 완전히 달랐다. 그들의 곡에는 시대를 뛰어넘는 참신함이 있었다. 흉내를 내라고 해도 무리일 것 같았다. 이건 '우미츠키'의 독창성이 만들어낸 결과이니까.

"그래도 '우미츠키'가 뛰어나다는 걸 알아줘서 기뻐⋯."

아다시노는 얼굴을 살짝 옆으로 돌린 채 부끄러워했다. 무언가 대꾸할 거리를 찾는데, 어휘력이 부족하다는 것에 통감한다. 이 감동을 어떻게 말로 바꾸면 좋을까. '정말로 진짜로 엄청 대단해!'라는 대사밖에 내뱉지 못할 정도로 나는 놀란 상태였다.

"이 곡 제목이 뭐야⋯?"

"〈ROSY〉라는 곡이야. '우미츠키'가 처음으로 히트 차트 1위를 따낸 역사적인 싱글곡."

개개인의 압도적인 연주 스킬. 스타일리시한 악곡 편곡. 그 탐미적인 세계를 지휘하는 보컬의 가창력. 모든 것이 이 마음을 흔들었다. 이런 곡을 스테이지에서 부르는 모습을 상상하자 몸이 떨려왔다.

"하고 싶어⋯. 나, 이 곡 해보고 싶어."

내가 그렇게 말하자, 아다시노는 "응!"이라고 목소리를 죽인 채 그 자리에서 손발을 버둥거리기 시작했다.

하나하나 리액션이 귀여워, 이 녀석⋯.

내가 '우미츠키'를 마음에 들어하자 더 기뻐하는 듯 보였다.

"그런데 이 곡을 카피하는 건 쉽지 않겠네. 테크닉이 너무 뛰어나서."

"드럼은 분명 쉽지 않을 거야. 그래도 기타의 난이도는⋯. 오히려 이 정도로 심플하게 만들었는데도 끝내주니까 놀랍다니까. '우미츠키'가 정말 대단하지."

나는 내가 스테이지에 서 있는 모습을 떠올려 본다. 어릿광대 같은 화려한 메이크. 중세로 흘러들어 온 것 같은 기발한 의상. 그리고 퇴폐적인 선율과 폭력적인 노랫소리. 동경했던 내 밴드 라이프가 비로소 시작되려고 하고 있다.

"정말 그렇네. 그런데 뭔가 갑자기 초보자가 만든 것 같은 곡으로 바뀌었는데, 뭐지?"

대화를 나누는 사이에 노래가 바뀌어 있었다.

아다시노의 얼굴을 쳐다보자 핏기가 서서히 가시고 있었다. 응?

내가 뭐 잘못했나?

"그러고 보니, 뭔가 이거… 아다시노의 목소리와 닮은 것 같은데?"

아다시노는 아무 말 없이 내 귀에서 이어폰을 빼냈다.

"어? 갑자기 왜 그래?"

너무나도 갑작스러웠기에 몸을 움찔거리고 말았다.

"잊어줘…"

침울한 눈을 한 채 아다시노는 작게 중얼거린다.

"왜?"

"이유야 어쨌든…"

아다시노는 그야말로 울 것 같은 표정을 짓고 있었다. 그리고 작게 어깨를 떨면서 외쳤다.

"도깨비! 악마! 사람도 아니야!"

그렇게까지 말할 일인가.

"아니, 지금 건 내가 일부러 한 게 아닌데…"

"더는 싫어…"

양손으로 얼굴을 가린 채 아다시노는 입을 다물었다.

"설마라고는 생각하지만. 지금 곡, 네가 만든…"

움찔하고 어깨가 반응한다.

"오리지널 곡…"

내가 말을 꺼내기 전에 쭉 뻗은 아다시노의 손바닥이 내 입을 가린다.

"우우? 그 이상 말하면 안 돼!"

"우으으으?"

내 입을 막은 아다시노의 손 때문에 목소리를 낼 수 없었다! 이렇게까지 난폭하게 행동하는 것으로 봐서는 내 추리가 아무래도 맞는 것 같다.

이내 아다시노가 손을 떼어낸다.

"알았어. 잊을 테니까."

분위기를 파악하고 그것에 대한 이야기는 그만하려고 하는데, 아다시노가 순수하게 물어온다.

"그래서, 어땠어…?"

"아니, 뭘 은근슬쩍 소감을 묻는 건데? 잊으랄 때는 언제고?"

"부, 부끄럽지만…, 소감을 듣고 싶어…. 그럴 수도 있잖아!"

뭐, 아무래도 좋다. 볼을 부풀린 모습이 귀여우니까 일단은 용서해주자. 굳이 소감을 물어온다면 답을 하는 건 어려운 일이 아니었다.

"뭐… 좋은 곡이라고 생각해."

아다시노의 자작곡은 기타를 퉁기며 흥얼거리는 노래였다. 가사 없이 소리를 음표에 맞춰서 부르는 소박한 음원. 하지만 라라라, 하고 부르는 아다시노의 목소리에는 정말로 즐거움이 느껴졌다. 그래서인지 나도 모르게 함께 입을 맞추고 싶어진다. 그런 노래가 진짜 좋은 노래 아닐까.

"응…."

미묘한 공기가 흐른다. 아다시노는 고개를 숙인 채 얼어붙은 채였다.

뭐지, 이 침묵? 불편한데….

나는 대화가 될 것 같은 화제를 찾는다.

"어, 그러니까…. 맞아. 문제는 멤버를 모으는 거지?"

"어? 아… 응…. 멤버 찾는 게 어렵네…."

어려운 게 당연하다. 남장을 하지 않으면 다른 사람과 대화조차 하지 못하니까….

"하지만 분명 나 같은 녀석을 위해 이 앱이 있는 거겠지."

"아…. '밴드하자!' 말이야?"

"맞아. 이 앱이라면 음악을 하는 녀석을 잔뜩 만날 수 있지 않을까?"

곧장 우리는 스마트폰을 꺼내 들고 앱을 구동하여 동영상을 물색한다.

"그런데 우리 문화제 라이브에 함께 나와 줄 만한 사람은 없어 보이네. 조건 검색을 통해 동년배라거나 근처에 사는 사람을 찾아봐야겠어."

하지만 검색을 하면 할수록 우리의 기분은 가라앉을 뿐이었다….

"아다시노…."

"응…."

"아무래도 여기 있는 녀석들은 너무 요란해서 계속 보기가…."

"일기의 이모티콘만 봐도…, 너무나도 리얼충…. 섞이기 어려운 분위기네…."

애초에 검색에 걸리는 메이트를 동료로 삼는 것 따위가 우리에게 무리였던 거겠지….

"뭐, 멤버를 찾는 건 일단 미루기로 할까."

아다시노도 고개를 위아래로 움직이며 동의한다.

나는 스마트폰을 주머니에 넣고 헛기침을 한 후에,

"어쨌든 문화제를 나가려면 연습을 많이 해야겠다! 일단 다음에는 스튜디오라도 빌려서 연습해볼까?"

어라? 꽤 제대로 된 제안을 했다고 생각했는데, 어째선지 상대방의 반응이 시원찮다. 살짝 표정을 살피자, 눈을 멍하니 뜬 지장보살처럼 굳어 있었다.

"어? 나, 뭔가 이상한 말 했어?"

"나, 거기까지 생각하지 못했어…. 그건…."

아다시노는 말을 멈춘다. 무슨 생각을 하는지 도무지 알 수가 없다.

"어? 뭐? 뭔가 문제 있어?"

"그게…. 스튜디오에서 단둘이…, 그건… 너무 데이트 같잖아…."

"데, 데이트?"

분명 들고 보니, 밴드 연습이라고는 하지만 단둘이 외출하는 거잖아. 굳이 따지고 들면 데이트라고 볼 수밖에 없다.

"아다시노…, 너무 깊게 생각하지 마. 그런 걸로 시작도 전에 고민하면 밴드에 균열이 생길걸? 어디까지나 밴드 활동이니까! 그럼, 이번 주 토요일, 시간 있지?"

"으, 응…."

순간적으로 억지로 얼버무렸지만, 내 심장 역시 시끄러울 정도로 쿵쿵 뛰었다.

스튜디오에 단둘이 있는 모습을 상상한다. 무심코 코드를 잡는 손이 스치거나 하면… 아, 안 되겠다. 역시, 이거 데이트잖아…

　　※

이윽고 약속했던 토요일을 맞이하고 말았다. 일어나자마자 세면대로 향해 거울에 비친 내 모습을 확인해봤는데, 단 한숨도 자지 못해 눈 밑에 다크서클이 가득했다. 아니, 근데 이거야말로 최고의 비주얼계 밴드 메이크업이잖아?

"데이트가 아니야… 데이트가 아니야… 이건 데이트가 아니야."

아무렇지 않게 만나자고 해놓고 이렇게 스스로에게 암시를 걸고 있는 모습이라니. 볼품없기 짝이 없었다. 사실, 이런 이유 말고도 간밤에 뜬 눈으로 지새운 데에는 또 다른 이유가 하나 더 있었다. 즉, 노래를 부르는 것에 대한 불안. 나는 그날 이후, 한 번도 제대로 노래를 부른 적이 없다.

역에 가까워질수록 차갑게 식어 있던 그날의 관객들이 떠올라 몇 번이고 발길을 멈췄는지 모른다. 마음을 굳게 먹고 전철에 올라타서는 어떻게든 만나기로 한 장소로 향한다.

5월이긴 하지만 낮의 태양은 뜨겁다. 땀이 흘러나와 셔츠가 몸에 달라붙었다. 문득 역 앞의 대형 텔레비전 광고판이 눈에 들어왔다. 유명 패션 브랜드가 입점해 있는 상업 시설로, 옥상에 관람차가 있어 커플들의 데이트 명소로 불리는 곳이었다.

토요일 오후. 떠들썩거리는 거리에 청량한 목소리가 울려 퍼진다. 소고 리코, 그녀가 출연한 화장품 광고가 전광판을 통해 흘러 나오고 있었다. 마이크를 한 손에 쥐고 상쾌한 댄스를 선보이는 그녀의 모습에, 길을 가는 사람들도 발길을 멈추고 올려다본다. 화면 너머 속 인물이지만 소고 리코는 말도 안 될 정도의 존재감을 발하고 있었다.

그녀의 차밍 포인트는 사랑스러운 포니테일. 마른 몸을 이리저리 움직일 때마다 그 뒷머리가 이리저리 흔들린다. 주변을 둘러보자 그녀의 움직임을 흉내 내는 사람들을 여기저기서 확인할 수 있었다. 엄청난 인기였다.

아이돌. 우리와는 다른 세계를 사는 사람이다. 인기 상품이라는 점에서 밴드와 같은 카테고리에 묶일 수 있을 것 같지만, 아니다. 그녀는 오로지 혼자서 저 큰 스테이지를 꽉 채우고 있다. 실로 대단한 장악력이다.

그날의 나도 혼자였다. 밴드 공연으로 스테이지에 올랐지만, 어째선지 나는 한 마리 늑대가 되어 있었다. 고독한 언덕에서 애처롭게 울부짖었지만, 누구에게도 공명을 얻지 못했다. 아니, 아니다. 낯을 가리는 고양이 한 마리가 울어줬다. 그렇기에 나는 이제 혼자가 아니다.

"오카미…"

텔레비전 화면에 너무 집중한 탓인지 아다시노의 기척을 전혀 눈치채지 못했다.

"안녕, 아다시노⋯. 어, 어⋯?"

아다시노의 모습에 눈이 멈춘 순간, 주변의 소란이 귀에서 멎어 들고 세계가 멈추었다. 무언가에 사고를 완전히 빼앗긴 채 홀린 듯한 기분. 간신히 손끝만 미동한다.

"기, 기다렸어⋯?"

햇살 때문에 현기증이라도 일으킨 건가 하고 생각한다. 하지만 아니다. 내가 나도 모르게 눈을 가늘게 뜰 정도로 충격을 받은 것은 눈앞에 나타난 바케네코의 형상 때문이었다. 오늘의 약속 장소는 평소와는 달리 교실이 아니었다. 십중팔구, 남장을 하고 오리라 생각했다. 그런데 예상이 크게 빗나간 차림에 마치 허를 찔린 듯한 기분이 들었다. 아다시노가 입고 온 것은 하얀 노슬립의 원피스였다.

뭘를 어떻게 하면 그 수수한 바케네코가 이런 센스를 가진 캐릭터가 되는 거지?

미소녀의 어깨 부근, 희미하게 노출된 겨드랑이에 온 관심이 쏟아진다. 가방을 좌우로 흔들거리며 부끄러운 듯 고개를 숙이는 동작. 이런 상황에서 어떻게 건전한 남고생의 흑심을 억누를 수 있겠는가.

그뿐 아니라, 등 뒤에 매고 있는 기타케이스의 스트랩이 가슴의 정중앙을 안전벨트처럼 누르고 있어 부드럽게 부푼 모양을 강조하고 있었다.

"우우⋯. 그래서 싫었는데⋯."

아다시노는 당황해서는 발길을 돌린다.

"갈아입고 올게…."

갈아입는다니, 남장을 하겠다는 말이잖아? 그건 절대로 막아야만 해! 왜냐하면 지금의 귀여운 원피스 모습을 반드시 사수하고 싶으니까!

"아니, 기다려! 오늘은 이래저래 노력하기로 했잖아? 그렇게 갑자기 돌아가버리는 게 어딨어!"

내가 필사적으로 불러 세우자, 아다시노는 천천히 몸을 돌렸다.

"전철 안에서도 다들 힐끔힐끔 쳐다봤어…."

그거야 보고 싶어지겠지. 이런 미소녀와 함께 전철을 타면.

"이상하지…? 이런 여자아이 같은 옷, 나한테는 안 어울리니까…. 갈아입고 싶어."

자조적으로 말하더니 아다시노는 울먹이기 시작했다. 뾰족해진 입술이 묘하게 요염했다. 스스로에게 자신이 없다는 말이 도무지 이해가 되지 않을 정도의 비주얼이었다. 이 정도 미모면 자신의 얼굴과 바꾸자고 반 아이들이 줄을 서서 간청할 정도의 레벨인데 말이다.

이 녀석이 자신의 예쁜 얼굴을 자각하는 날이 과연 올까. 아니, 자각하지 않아도 괜찮다. 왜냐하면 이 녀석의 이런 얼굴을 볼 수 있는 건 밴드 동료인 나만의 특권이니까.

"전혀 이상하지 않아! 오히려…."

"오히려, 뭐…?"

어떻게 말해야 할까. 부끄러운 대사밖에 떠오르지 않아서 나는 말을 꺼낼 수 없었다.

"그러니까…."

아다시노의 기대치가 꽤 높아진 것 같았다. 강아지가 사료를 기다리며 꼬리를 흔드는 것처럼 가방을 좌우로 획획 흔들고 있다.

"뭐, 어쨌든 이상하지 않아… 이상하지 않다고!"

내 대사를 듣고 아다시노는 일부러 그러는 듯 한숨을 내쉬었다.

"하아… 오카미, 완전히 마음에 안 들어… 미워…."

알고 있다고! 하지만 나는 이탈리아 사람이 아니야! 듣기에도 민망한 대사 따위 말할 수 없다고! 그리고 무엇보다 우리는 밴드 멤버니까, 이상한 분위기를 만들 수 있는 대사는 자중해야 해.

"이, 일단 뭐, 스튜디오로 가자."

나는 얼버무리면서 아다시노에게 오른손을 내밀었다.

"어…? 뭐야…?"

"아니, 기타 무거울 것 같아서…. 내가 들어줄게."

"아, 고마워…. 근데, 무거운데 괜찮겠어…?"

정말로 이래저래 미안하니까 적어도 그 정도는 하게 해주면 좋겠어.

아다시노는 스트랩을 어깨에서 벗겨냈다. 그 한순간의 일. 아다시노의 아름다운 겨드랑이가 내 시야에 들어온다. 누구에게도 보여주지 않는 소녀의 비밀스런 부위… 눈이 행복해….

"왜 그래…?"

"어…? 아무것도 아니야!"

위험해…. 겨드랑이에 눈이 홀린 것을 들킬 뻔했어!

건네받은 기타는 생각보다 묵직했다. 여자아이가 매번 이렇게 무거운 걸 짊어지고 있는 거야? 감탄하고 말았다. 기타 케이스를 어깨에 두르고 나는 걸음을 내디딘다.

"평소에도 그런 차림으로 다녀?"

아다시노는 과장되게 고개를 젓는다.

"그런 무서운 짓 못 해…. 외출할 때는… 남장…."

"그럼 오늘은 무슨 심경의 변화가 있었던 거야?"

"이건 유메사키 선생님께 상담한 코디네이트…."

"아아. 담임이 힌트를 줬구나."

마음속으로 나이스 유메사키! 하고 몸을 굽혀 절했다.

"잠깐만…."

아다시노가 갑자기 셔츠의 끝단을 잡아당겼다. 바라보자 아다시노가 손끝으로 나를 붙잡고 있었다.

"어, 왜 그래?"

"오카미…. 걷는 게 너무 빨라…."

"아아, 미안."

뭐야, 그 삐진 듯한 달콤한 말투? 너무 귀여워서 볼에서 힘이 빠져버린다고! 그렇게 살짝살짝 데이트 같은 분위기를 풍기는 거, 그만둬줬으면 좋겠는데!

그때부터 나는 아다시노의 보폭을 신경 쓰면서 천천히 걸었다.

"자, 도착했어. 여기야."

"뭐랄까, 풍취가 있달까… 조금 낡았네…."

"으응. 뭔가 겉보기에는 조금 그렇네…."

도대체 이 건물은 세워진 지 몇 년이나 된 걸까. 노후화된 건물은 외벽도 색이 빠졌고, 간판도 더러워서 볼품없었다. 이런 곳에서 폭음을 낸다면 무너져버릴 것만 같아서 무섭기까지 했다.

　"자, 들어가자."

　손잡이를 돌려서 안으로 들어선다. 인테리어는 생각한 것보다 제대로 되어 있었다. 담배와 먼지가 뒤섞인 듯한 냄새가 풍긴다. 미묘하게 꾀죄죄한 것이 전에 다녔던 라이브 하우스를 연상시켰다. 바로 왼쪽에 카운터가 있어 접수를 하기 위해 다가갔는데, 잠시 자리를 비운 것 같았다.

　"저기요. 예약한 오카미인데요."

　리액션이 없다. 역시 자리를 비운 걸까?

　그렇게 생각하는데, 쑤욱, 하고 카운터 아래에서 검은 그림자가 튀어나온다.

　"우왓!"

　버섯이라도 자라난 줄 알았는데, 나타난 것은 작은 덩치의 금발 소녀였다. 트윈테일이 인상적인, 아다시노와는 종류가 다른 세련된 미소녀. 복장은 티셔츠에 데님 숏팬츠. 스튜디오의 접수 일을 하고 있기도 해서인지 조금 로커 같은 복장이었다. 하지만 그 날카로운 눈초리는 도무지 손님을 상대하는 사람 같지가 않았다. 아니, 그보다 이 아이, 일해도 괜찮은 나이인 걸까? 엄청나게 어려 보이는데?

　"아니, 식사 중에 귀찮게 말이야."

　어? 뭐야, 이 불평에 가득 찬 말투. 점원이 태도가 너무 나쁜 거 아니야?

"아니, 근무 중에 뭔가를 먹는 쪽이 이상한 거 아니야?"

푸딩 용기에 플라스틱 스푼이 닿아서 딱딱 거친 소리가 울려퍼진다.

"동정인 주제에 우쭐해져서는 기타를 자랑하러 온 건가요?"

"누가 동정인데! 아니, 뭐 부정은 안 하지만…. 아니 그보다 나는 보컬이라고!"

"어? 그런 이상한 목소리로?"

"냅두라고!"

"헬륨 가스를 얼마나 마신 거죠?"

"이게 내 본래 목소리라니까!"

뭐 이리 무례한 녀석이 다 있어! 이 가게의 접객 매뉴얼을 보여줬으면 하는데?

"아니, 그보다 우리는 처음 오는 손님은 거절하고 있는데요."

"아니, 여기가 무슨 고급 식당이야? 그럼 애초에 예약을 받지 말라고!"

"아 저기…. 손님? 예약표에 동정이라는 이름은 보이지 않는데요…."

"내 이름은 오카미 토오루야! 점장은 어딨어? 이 아이, 이야기가 통하지 않잖아!"

아까부터 접수가 1밀리미터도 진행되지 않고 있어!

"우왓. 시끄러운 손님이네요. 알겠어요. 오카미 씨군요. 예약은 한 시간…. 우와, 짧다. 가난뱅이인가 보네요."

"보자 보자 하니까 점점 더 바보 취급하고 있잖아?"

아니, 처음 보는 금발 소녀에게 이렇게까지 쓰레기 취급을 당하는 건 이상하지 않아?

"시끄러워 죽겠네. 자, 여기 바구니 있습니다. 이 안에 마이크와 팻말이 들어 있어요. 거기에 적혀 있는 알파벳이 방 번호입니다. 시간이 되면 여기로 돌아와주세요. 그 밖에 질문은요?"

"아니, 갑자기 질문이라고 하니…."

"설마, 제 스리 사이즈에 흥미가 있다니…."

"그런 말 한 적 없잖아! 애한테 관심 없다고!"

"누가 애인데요? 이래 보여도 전 고등학생이라고요!"

"지, 진짜로…? 초등학생인 줄."

말을 막듯 금발 소녀가 카운터에 바구니를 올려놓았다. 얼굴을 굳힌 채, 누가 봐도 억지로 만들어낸 웃음을 띠고 있다. 위험해. 눈에 쌍심지가 켜져 있어!

"손님, 뭔가 말씀하셨나요?"

"아니…, 아무 말도."

나는 몸의 안전에 위험을 느끼고 움츠러들었다.

"뭐, 어쨌든. 저한테 관여하지 않는 게 좋아요…."

그렇게 말하는 소녀의 표정이 단번에 어두워졌다.

"아아, 제발 관여해달라고 해도 안 할 테니까 염려 마! 도무지 멀쩡한 사람 같아야 말이지!"

나오는 대로 말해봤지만, 도발에도 응하지 않았다. 갑자기 왜 얌전해진 거지?

"알겠어요. 얼른 방으로 들어가세요."

"아니, 지금까지 네가 우리를 붙잡고 있었잖아!"

그 후 금발 소녀는 우리를 손으로 쫓아내는 시늉을 한 후, 다시 푸딩으로 손을 뻗었다.

우리는 소녀의 말대로 방으로 향한다.

"뭐야…, 저 녀석."

접객 매너, 최악 아니야? 하지만 관여하지 않는 게 좋다는 말이 역시 조금 마음에 걸렸다. 도대체 무슨 의미인 걸까?

"아마…, 나쁜 아이는 아닌… 것 같은데…."

아다시노의 말도 이해는 갔다. 나도 저 금발 소녀에게 공감할 수 있는 면이 있었으니까. 돌아보자 스푼을 문 금발 점원의 눈은 어딘지 우울해 보였다. 세상을 달관한 듯한 그 눈은 새까맣고 탁했다. 그 눈은 바로 얼마 전까지의 내 모습과 겹쳐져서 묘한 기시감이 들었다.

"그래도 오카미…. 저런 아이와 용케도 대화를 나눴네…. 대단해."

"어? 아아…. 뭐."

목소리 콤플렉스 때문에 타인과 말을 섞는 일은 거의 없었는데 아다시노 덕분에 목소리를 내는 게 두렵지 않아졌다. 단 한 명이라도 내 목소리를 칭찬해주는 사람이 있다면, 그걸로 충분했다.

"아무튼 금발 소녀는 아무래도 좋아. 지금은 우리 연습에 집중해야지."

그렇다…. 하지만 연습에 관해 생각하면 그건 그것대로 긴장이

커진다. 지금부터 단둘만의 공간이 되니까… 평상심을 가져야 한다. 나는 무의 경지에 들어선다.

"왜 그래…? 부처님 같은 표정이 되었어…"

"신경 쓰지 마. 지금 나는 번뇌와 싸우고 있거든."

"무슨 말이야…?"

몰라도 괜찮다고. 제발 나를 가만 놔둬 줘…. 자, 기합을 새로 넣자.

작년에는 매번 학교에서만 연습해서 스튜디오를 방문한 것은 오늘이 처음이었다. 너무 긴장된다.

7, 8평 정도 되는 공간에는 드럼 세트가 한 자리를 차지하고 있었다. 앰프와 코드가 난잡하게 놓여 있었고, 중앙에는 여러 개의 마이크 스탠드가 있었다.

"우와! 드럼! 드럼!"

눈이 쌓인 풍경을 보고 들뜬 도시에 사는 초등학생처럼 아다시노가 심벌을 손으로 두드리며 소리를 내보고 있다.

"뭐, 드럼 세트가 있어도 우리는 기타와 보컬밖에 없지만 말이야…"

하지만 스튜디오에 들어서자 밴드를 만들었다는 실감이 샘솟아서 등이 좍 펴졌다. 동시에 제대로 노래를 부를 수 있을까 하는 불안이 나를 덮쳐왔다.

"앰프, 연결해도 돼?"

아다시노가 흥미진진한 듯 묻는다. 만화처럼 콧구멍이 보일 정도다.

"어? 응…. 시간도 제한되어 있으니 얼른 준비해야지."

아다시노가 기타를 세팅하는 동안, 나는 스탠드에 마이크를 꽂았다. 입가에 제대로 위치하도록 높이를 조절한다. 준비가 끝나자 나는 마이크에 오른손을 올려놓았다. 손가락에 닿는 차가운 금속이 그날의 미지근한 체육관을 연상시켰다. 그 아무리 목소리를 드높여도 더는 올라가지 않는 볼티지.

나도 모르게 의식이 심해 언저리로 가라앉아 버렸다.

"오카미…?"

아다시노가 어깨를 흔들어서 겨우 제정신을 되찾았다.

"미안, 멍하니 있었네."

"괜찮아…? 얼굴색이 좋지 않은데…."

"괜찮다니까."

괜찮은 척하는 것도 쉽지 않았다. 이건 위험하다. 생각한 것 이상으로 중증인 건지도 모른다. 연습을 시작하기 전부터 이런 상태라면, 아다시노의 기타가 시작되면 어떻게 될까.

"나도 분장 안 하고 기타를 치는 게 무서워…. 엉망진창인 것처럼 들리면 상처 입을 테고…. 그래도 나는 강해지고 싶어."

아다시노가 툭, 하고 내 가슴에 자신의 손등을 댄다.

"이거, 부적… 빌려줄게…."

"부적?"

가슴 부근에 파란 머리가 너풀거리고 있었다.

"가발? 괜찮아? 이거 네 부적이잖아."

"이건 마법…. 그래도 이것에만 의존하면 강해질 수 없으니까,

오늘은 오카미에게 빌려줄게…"

아다시노의 각오가 전해졌다.

"이번에는 오카미 순서야… 내가 기타를 치면 노래 불러줄 거지?"

"으응…."

받아든 가발을 꽉 쥔다.

"제대로 봐줘… 시작할게…"

멈칫거리며 아다시노가 현에 피크를 가져다 댄다. 손가락 끝에 힘을 넣으려 하지만, 잘 안 되는지 크게 심호흡을 한다.

"미안… 다시 한번…"

고개를 숙인 아다시노의 눈동자가 앞머리에 가려진다. 그녀는 지금, 어떤 표정을 짓고 있을까.

그럼에도 얼어붙어 있던 시간이 움직이기 시작한다. 스케이트 링크를 망치로 두드려 깨는 것 같은 정도의 기세. 앰프를 통해 울려 퍼진 최초의 한 음은 이 방의 공기를 일그러뜨린다.

방과 후. 두 명만 있던 교실에서 들었던 〈ROSY〉의 인트로가 고막에 울려 퍼진다. 울림은 포효로 변하고, 이윽고 내 의식은 강제로 소리의 소용돌이 안으로 잠긴다. 엄청난 부유감이다. 과거의 밴드에서는 얻을 수 없었던 감각. 보일 리가 없는 실이 나와 아다시노 사이를 연결하고 있다는 느낌에 나 역시 이 녀석에게 내 목소리를 전하고자 마음먹는다. 그녀의 화려한 다운 피킹이 '힘내!'라고 내 등을 밀어준다.

A 멜로디가 시작됐다. 나는 목소리를 내고자 마이크를 쥔다. 하

지만 그 순간, 웃음소리가 머릿속에 살아난다. 연주 중에 들렸던 플로어의 소곤거림.

온몸의 힘이 빠져나간다. 떠올리지 않기 위해 갑작스레 방어 본능이 움직인 것 같다. 목이 막히고, 목소리 대신에 쿨럭, 하고 기침이 나왔다.

"괜찮아?"

앰프의 소리에 묻히지 않도록 아다시노가 큰 목소리로 내 상태를 묻는다. 눈빛을 보내 계속 연주하게 한다.

나는 내 목소리를 줄곧 싫어했다. 그리고 그 목소리를 사랑하지 못하는 나 자신도 그에 못지않게 싫었다. 그래서 누군가가 내 목소리를 좋아해주기를 염원했는지도 모른다. 내 목소리가 많은 관객을 사로잡는 그런 감동적인 전개를.

하지만 현실은 잔혹했다. 음악은 나로부터 목소리를 빼앗아갔다. 지금 내 목소리는 어디에 있는 걸까. 기척조차 느낄 수 없었다. 몸의 어디에도 없는 것만 같다.

문득 시선을 떨구자, 파란 가발이 눈에 보였다. 교탁 위에서 울려 퍼졌던 아다시노의 기타. 마음을 빼앗은 그 노이즈가 이번에는 더욱 대단한 열량으로 바뀌어 나를 때려왔다. 웃음거리로 여겨 왔던 내 목소리를, 아다시노는 좋다고 말해줬다. 나 자신을 믿는 대신 아다시노를 믿어보면 되지 않을까.

비주얼계가 마법이라는 것을 이 가발로 증명해줘. 나도 바케네코처럼 달라질 수 있는 거지? 속이고, 숨겨서. 그렇게 다른 자신을 만들 수 있는 거지?

그렇게 생각한 순간, 거짓말처럼 막혔던 목이 풀리고 몸이 가벼워졌다. 그러자 슬금슬금 음악에 대한 배고픔이 솟아난다. 얼른 이 격한 소리의 심부에 묻히고 싶다.

어쩐지 오랜 기간 너와 만나지 못했던 느낌이 들어. 거기에 있었구나. 내 목소리는 줄곧 내 안에 있었다. 못 본 척하던 건 내 쪽이다. 귀를 기울여서 기타의 프레이즈를 쫓는다. 아, 지금이라면 충분히 맞출 수 있을 것 같다. 마침 B 멜로디도 종반으로 치닫는 중이다. 타이밍으로는 봐서는 여기가 베스트겠지.

아다시노의 기타가 울부짖는다. 여기가 클라이맥스야. 그렇게 말하며 엉덩이를 걷어차고 싶은 기분이었다. 그리고 나는 그토록 찾아 헤매던 목소리를 뱃속 깊은 곳에서 *끄*집어냈다!

"ROSY
너의 꽃잎을 벗기면
드러난 가시에
나는 찢겨 나가"

아름다운 장미에도 가시는 있다. 그리고 음악에도 독이 있다.
이 독에 물러선다면, 더는 되돌아갈 수가 없다.
머리끝부터 발끝까지, 나는 이미 이 노이즈의 포로가 되었다.

"ROSY
너무 아름다운 것은

시들어 버릴 때까지
달라붙는 저주"

분명 이건 저주임이 틀림없다. 소리의 율동이 불꽃이 되어 이
몸을 태워간다. 잠겨 있던 내 목소리가 이 세계의 모든 곳을 휘저
으며 헤엄칠 것만 같다.

"ROSY
대답해 줘
ROSY
왜 너는
이렇게도 덧이 없는지…"

식지 말아줘. 이 열기를 남긴 채 가지 말아줘. 끝나지 말아달라
고. 그렇게 기도해도 반드시 찾아오는 엔딩. 소리는 공기에 뒤섞이
며 이윽고 잿더미가 되었다. 등불 같은 잔향은 신이 후, 하고 숨을
내뿜으면 그것으로 끝. 온몸에 땀이 흐르는 것이 느껴진다. 숨이
벅차오른다. 현기증이 날 것만 같다. 노래를 마치고 옆을 돌아보자
아다시노가 생긋 웃고 있었다.
"이 녀석 덕이야. 최강의 부적이네."
나는 가발을 들어 올린다.
"나… 눈물이 나올 것만 같아…"
"응, 나도야…"

지금은 그저 둘뿐인 스튜디오. 우리는 앞으로 더욱더 큰 스테이지로 올라서게 되리라. 이 목소리를 언제 다시 빼앗기게 될지도 모른다. 이건 어디까지나 최초의 한 걸음일 뿐. 하지만 지금은 아다시노와 이 여운에 빠져들고만 싶다.

별생각 없이 들어 올린 오른손에 아다시노가 손을 맞부딪친다. 자연스레 나온 하이파이브. 오늘은. 오늘만은. 부디 용서해주기 바란다. 내가 엉망진창으로 들뜨는 것을.

연습을 마친 우리는 딱히 목적지도 정하지 않고 산책에 나섰다. 스튜디오에 들어가기 전과는 모든 것이 달라진 것처럼 보였다. 색이 전부 바뀐 것처럼 경치가 크게 변해 있었다. 아직 바깥이 밝은 시간대였던 탓도 있으리라. 하지만 분명한 건, 지금 내가 발을 내딛는 이 세상은 눈부신 빛으로 가득 차 있다.

"자, 그럼 어떻게 할래? 이대로 해산할까?"

조금 아쉬운 느낌도 든다. 하지만 나는 한시라도 빨리 이 자리에서 벗어나고 싶은 기분이다. 들떠서 제대로 돌아가지 않던 사고가 원래대로 돌아가기 시작하면 아무래도 버티지 못할 테니까.

눈앞의 아다시노의 귀여움에, 마음이 불타버릴 것만 같다.

이 파괴력 SSR급의 아름다운 원피스 차림은 심장에 좋지 않다.

둥둥, 하고 고막이 드럼처럼 고동친다.

얼른 헤어지지 않으면 즉사할지도 모른다.

"아직 만나서 두 시간 정도밖에 안 됐잖아. 돌아가기는 너무 이른데…."

이제 다 틀렸다. 이렇게 졸라대면, 나도 도저히 돌아갈 수 없다.

"뭐, 볼일이 있다면 같이 가줄게. 너무 긴 쇼핑은 사양이지만."

문득 아다시노가 역 앞 텔레비전을 올려다보고 있다는 걸 깨달았다. 거기에는 아까와 마찬가지로 소고 리코가 춤추는 모습이 보였다.

"응? 너, 소고 리코의 팬이었어?"

"거기가 아니야… 그 위…."

"위? 그 위라고?"

아다시노의 시선을 쫓는다. 그야말로 거기는 하늘에 가까운 장소다.

"아다시노…?"

아다시노의 발이 미묘하게 떨리고 있다는 것을 깨달았다.

그렇구나. 그런 거구나. 이 녀석의 트라우마는 하나 더 있었다.

"여기 옥상에 관람차가 있거든…."

역시 그랬다. 아다시노가 쳐다보는 건 관람차 쪽이었다. 그곳에서 내려다보이는 세상을 상상하며 아다시노는 떨고 있었다.

"관람차라니. 너 고소공포증이잖아?"

교탁 위에서도 움츠러들던 녀석이 관람차라니. 더욱이 지금은 남장도 하고 있지 않은데. 나는 대충 다른 말로 화제를 돌려보려고 한다.

"그렇게 서두를 필요 없지 않아? 문화제까지 아직 시간이 잔뜩 있으니까."

아다시노는 고개를 저었다.

"오늘이라면 탈 수 있을 것 같아서…."

그래. 오늘이라면. 아까의 연습이 커다란 용기를 불러일으킨 듯했다. 음악은 때로는 용기를 주기도 한다. 아까 둘이서 연주했던 〈ROSY〉가 아다시노에게 힘을 주고 있는 것이리라.

"우리에게 부족한 건 성공 체험이야… 나는 스테이지에 서고 싶어…"

"아다시노…"

이렇게까지 굳게 마음을 먹고 있는 걸 보니 무리하지 않아도 괜찮다는 말은 도저히 꺼낼 수 없었다.

"알았어. 타보자, 관람차."

"응…"

쇼핑하는 사람들로 붐비는 거리를 뚫고 나가 우리는 빌딩의 옥상으로 향했다. 혼잡한 엘리베이터에 올라탄다. 주변에는 귀여운 옷으로 몸을 감싼 사람들로 가득했다. 기타를 둘러맨 우리는 자리를 잘못 찾아온 것 같아서 어쩐지 어색하다. 얼마 되지 않아 최상층에 도착했음을 알리는 벨이 울린다. 문이 열리자 사람들이 단번에 엘리베이터에서 내렸다. 우리도 이 층에서 내려야 하는데, 아다시노는 멈춰 선 채 좀처럼 움직이려 하지 않는다. 무리도 아니다. 이 앞은 이 녀석에게 있어서 지옥과 다름없으니까.

"괜찮아?"

"응…. 괜찮아…"

웃는 얼굴의 형태로 갱지를 잘라 붙인 것 같이 생기라고는 전혀 느껴지지 않는 가짜 미소. 강한 척을 하고 있지만 떨림이 멈출 기색이 없었다. 그럼에도 아다시노는 어떻게든 엘리베이터에서 내렸다.

"줄이 꽤 기네."

토요일의 저녁 무렵. 역시 유명한 데이트 명소이기도 해서인지 젊은 커플들로 붐비고 있었다. 앞으로 30분 정도를 기다려야 한다고 간판에 적혀 있었다. 우리는 천천히 걸어가서 줄의 맨 끝에 섰다.

"부적⋯ 써도 돼⋯?"

"응. 물론이지."

부적이란 스튜디오에서 나한테 빌려줬던 그걸 말하겠지. 아다시노는 천천히 가방에서 가발을 꺼내 들고 머리에 뒤집어썼다.

"적어도 이게 없으면⋯ 안 돼⋯."

소녀는 들키지 않도록 살짝 몸을 떨면서 불안과 싸우고 있다. 계단을 한 번에 세 칸이나 뛰어오르는 듯한 무리를 지금 꼭 하지 않아도 좋으련만. 어째서 이 녀석은 이렇게까지 노력하는 걸까. 딱히 대화가 이어지지 않아서, 나는 기다리는 30분 동안 아다시노의 표정만 살폈다.

"오래 기다리셨습니다. 다음 분 오세요."

드디어 우리의 차례가 돌아왔다.

"자, 가자."

"응⋯."

크게 심호흡을 하고 아다시노는 곤돌라로 올라선다. 금속 바닥이 쿵, 하는 소리를 냈다.

"괜찮아? 속이 울렁거리거나 하지 않아?"

"고마워⋯. 괜찮아⋯."

괜찮다고 반복해서 말하면서도 표정은 분명 긴장되어 보였다.

"오카미랑 같이 있으니까 괜찮아…."

기정사실로 만들고자 하는 것처럼 아다시노는 몇 번이고 괜찮다고 중얼거린다. 기타 케이스를 구석에 세워두고 우리는 건너편에 앉아서 서로를 바라봤다. 아다시노는 머리에 뒤집어쓴 가발을 손에 힘을 가득 준 채 붙잡고 있다. 설산에 고립된 조난자처럼 움찔움찔 온몸을 떨어, 그 모습을 보는 쪽도 마음이 편치 않았다.

"무리하지 않아도 돼. 아직 내릴 시간 있어."

그렇게 말을 건 시점에,

"그럼 즐거운 시간 보내세요."

직원이 무정하게도 최후 통보를 던진다.

"이걸로 되돌릴 수 없게 됐네…."

그 후로 아다시노는 침묵에 빠져들었다. 나는 나대로 대화의 실마리를 찾지 못했다. 힘을 내서 노력하는 소녀에게 나는 마음속으로 응원하는 것밖에 할 수 있는 게 없었다. 자연스레 옆자리로 가고 싶었지만, 그건 좋지 않을 것 같았다. 이 밀실의 위험성은 스튜디오와 비할 바가 아니니까. 아다시노는 고소공포증을 극복하고 싶은 것뿐이라고 스스로에게 말을 건네도…. 이번에야말로 정말 데이트 같지 않은가…. 그런 생각을 하는데 갑자기,

"옆으로 가도 돼…?"

"어?"

아다시노 쪽에서 내 옆으로 슬쩍 자리를 옮겨 앉았다.

"갑자기 왜 그래?"

달콤한 여자아이의 향기에 머리가 뱅뱅 돈다. 거친 숨소리가 들려온다. 손을 뻗으면 금방 닿을 만한 거리에서….

"나…, 수수하고 아둔해서 모두에게 놀림받아 왔어…."

"가, 갑자기 무슨 말이야?"

"높은 곳이 무서운 것도 옛날에 옥상에서 애들이 나를 장난으로 떨어뜨리는 시늉을 했던 것이 원인…."

"진짜…? 그렇게 무서운 이유가 있는 줄 몰랐어…."

"응…. 계속해서 그런 일이 있어서…, 나는 사람 앞에 서는 게 두려웠어…."

아다시노의 트라우마는 이 녀석의 인생에 깊게 그림자를 떨구고 있다. 그래서 언제나 그런 안경으로 얼굴을 감추고 있던 거야? 누구도 보지 않도록, 누구에게도 보이지 않도록. 그런 거 너무 서글프잖아.

"그러니까… 지금 그때의 광경이 플래시백 돼서… 엄청 무서워…."

아다시노는 이렇게도 필사적으로 괴로운 과거를 넘어서려고 노력하고 있다. 정말 대단해.

"나, 어렸을 때 귀신이 무서워서 잠들지 못했어…. 그럴 때 종종 어머니가 손을 잡아줬거든…. 그렇게 하면 신기하게도 푹 잠들 수 있었어…."

"왜 지금 그런 이야기를…?"

"그 정도로 무서워…. 그러니까, 부탁해…."

두근, 하고 심장이 크게 뛰었다. 아다시노가 도움을 구하고 있다. 자신의 트라우마를 넘어서기 위해 지금 문자 그대로 내 손을 빌려주기를 바라고 있다.

─손을 잡아주었으면 해.

아다시노가 내게 도움을 구한 것은 분명 그것이리라. 머리가 이상해질 것만 같다. 아니야, 침착하라고. 이건 아다시노가 트라우마를 극복하기 위해 어쩔 수 없는 거야. 이 자리에서 이 녀석이 의지할 수 있는 건 나뿐이니까.

나는 천천히 어깨를 편다. 그리고 조심스레 가발을 쥔 아다시노의 새하얗고 가냘픈 손등에 손가락을 올려놓았다. 손끝이 닿은 순간, 소녀의 몸이 굳었다. 주저하며 아다시노의 손을 돌린다. 자연스레 손가락이 얽혀왔다. 그렇게 겹쳐진 두 명의 손은 천천히 아래로 향한다.

내 손을 쥔 힘에 솔직히 아플 정도였다. 그 정도로 불안한 것이리라. 교탁에 올라선 것만으로도 그렇게 위축됐었으니, 이 정도 높이라면 기절한다고 해도 이상하지 않다. 나는 손을 잡은 게 조금 부끄러웠지만 아다시노는 분명 그런 걸 생각할 여유조차 없을 테다.

"지금, 어느 정도 올라왔어…?"

곤돌라는 꽤 높은 곳까지 닿아 있었다.

"힘내, 아다시노. 조금만 더 가면 꼭대기니까."

아까 연습하던 스튜디오도 훤히 내려다보인다. 이 세상이 이렇게도 넓었구나. 그런 생각이 들었다.

"진짜로…? 그럼 꼭대기에 닿으면 알려줘…."

"왜?"

"부탁해···."

"으, 응···."

붙잡은 손에 땀이 배어 나와서, 공포가 배가되었다는 것이 전해진다.

"아, 아다시노! 꼭대기에 왔어!"

눈앞으로 가장 높은 곳의 경치가 펼쳐진다. 나도 모르게 소리가 튀어나와 버렸다. 아다시노는 천천히 눈을 뜬다.

"천천히 해도 되니까."

눈을 가늘게 뜬 채 바깥을 확인하고는 "우으으" 하고 작은 비명을 내더니 고개를 숙였다.

"무리하지 마. 이대로 눈을 다시 감아도 돼."

"아, 아니야. 힘내 볼게···."

아다시노가 뒷쪽 창문을 향해 기세 좋게 고개를 돌렸다.

"우와···."

감탄의 목소리가 터져나온다. 관람차보다 높은 건물이 없어 유리창 너머로는 주변이 훤히 보였다. 우리는 이 작은 세상의 모든 것을 내려다보고 있다. 모든 것을 올려다볼 뿐이었던 소녀가 처음으로 만난 풍경.

"아다시노, 너 제대로 눈을 뜨고 보고 있는데?"

"응! 나, 제대로 보고 있어! 이 두 눈으로 보고 있어!"

아다시노는 흥분을 감출 수 없는 듯했다. 그 눈동자에는 살짝 눈물이 맺혀 있었다. 그건 과거의 트라우마에 승리한 소녀가 선보이는 환호의 눈물이다.

"잘했어! 아다시노!"

정말로 대단해. 너는 나보다 훨씬 괴로운 과거를 품고 있었지만 그것과 제대로 마주하고 이렇게 넘어선 거니까.

"사치스러운 경치…. 이런 경치를 독점할 수 있는 새가 부러워…."

"그렇네. 그 녀석들, 부럽네."

한 마리 새가 곤돌라 주변을 맴돈다. 우리에게는 이 큰 하늘을 우아하게 날 수 있는 날개가 없다. 그 대신, 문명의 힘이 우리를 하늘로 보내준다. 날개가 없으면 다른 방법으로 하늘을 날면 된다. 정말로 옛날 사람들의 발상에 감탄할 뿐이다.

아다시노의 발상은 그야말로 거기에서 온 것일 테다. 사람들 앞에 설 수 없다면 다른 사람을 연기하면 된다. 부캐가 없다면 만들면 된다. 그 정신이 우리를 만나게 해줬다. 솔직히 난 아다시노에게 감사해하고 있다.

아다시노가 남장을 하지 않은 채 고소공포증을 이기고 이 경치를 바라보고 있다. 엄청난 진보가 아닌가. 내게는 보인다. 언젠가 체육관의 스테이지에서 관객을 내려다보는 남장 기타리스트의 모습이. 그 옆에 내가 서지 않으면 안 된다. 정말로 앞으로 나아가야 하는 건 나다. 왜냐하면 그 스테이지에 빚이 있는 것은 내 쪽이니까.

"하고 싶었던 게 있었어…."

아다시노는 내게 다가와서 어깨에 얼굴을 파묻었다. 그러고는 천천히 머리에서 가발을 벗고는 위를 바라보며 턱을 들어올린다.

촉촉한 눈동자가 나에게서 벗어나지 않는다.

"아다시노…?"

갑작스럽게 변한 아다시노의 모습에 나는 당황하고 만다. 이렇게나 사랑스럽게 다가오면….

"나…."

곤돌라 안을 팽팽한 공기가 지배한다. 내 손은 아다시노의 손을 꼭 쥔 채다.

꿀꺽. 나는 침을 삼킨다.

"나는…."

새빨개진 볼은 석양과 어울리며 소녀의 긴장을 피부로 드러낸다. 머릿속에서 이성이 무너져 내리는 소리가 들렸다. 만약 이대로, 이 세상에 아다시노와 둘만이 남겨지게 된다 해도 좋다. 그런 기분조차 들기 시작했다.

"나는 오카미가…."

힘을 줘서 말하면서 아다시노가 나를 바라본다. 그 눈빛에 마음을 통째로 빼앗길 것만 같다. 하지만 평범한 공기는 맥없이 무너져버렸다.

"우으…, 우으으…, 후에엥…."

갑자기 힘이 빠진 아다시노는 좌석에 손을 짚고 얼어버렸다. 겨우 내 손도 해방되었다.

"아, 아다시노?"

헛물을 켠다는 건 그야말로 이런 것인가…. 역시 아다시노는 아다시노였다.

"한계…."

"역시 무리해서 울렁거려?"

"울렁거리지는 않아…. 그런 게 아니라…."

"그래도 괜찮아! 고소공포증은 제대로 극복했으니까!"

"응…. 지금은 그것만으로도 충분해."

아다시노가 부끄러워한다. 동시에 관람차가 아래에 도착하고 직원이 문을 연다.

"수고하셨습니다."

정말로 오늘은 이래저래 수고가 많았다. 관람차에서 내려온 우리의 체력은 완전히 고갈되어 있었다. 더는 더 놀러 갈 만한 생각도, 분위기도 생기지 않아 자연스레 역을 향해 걷기 시작했다. 역 앞에 닿자, 오고 가는 군중이 어째선지 발길을 멈추고 서 있었다.

"뭔가 소란스러운데."

처음에는 역 앞의 텔레비전에서 나오는 소리라고 생각했지만, 어쩐지 아닌 것 같았다.

"오카미, 봐봐! 길거리 라이브를 하고 있어!"

힘이 빠진 것처럼 보이던 아다시노는 갑자기 밝아져서는 사람들의 무리로 뛰어들었다. 단순한 녀석이다. 음악에는 사족을 못 쓴다니까. 평소에는 특산품을 팔거나 하는 공간에 간이 스테이지가 설치되어 인디 밴드가 라이브를 하고 있었다. 끊이지 않고 이어지는 박수 소리. 부모와 함께 온 아이들은 리듬에 맞춰서 몸을 이리저리 흔들고 있다. 따뜻한 저녁 풍경에 마음이 풀린다.

라이브는 성황이었다. 나는 이 스테이지에 아다시노와 서는 망상을 머릿속에 떠올리고는 혼잣말을 했다.

"길거리 라이브라…."

토요일 저녁. 야외에서 열리는 공짜 공연이기는 하지만, 무명 밴드의 라이브가 이렇게 큰 인기라니. 만약 여기서 우리가 라이브를 성공시킨다면 큰 자신감을 얻을 수 있지 않을까.

"아다시노, 이거야…."

"어…? 뭐라고…?"

"문화제에 오르기 전에 여기서 경험을 쌓는 게 좋지 않을까?"

"어? 설마. 여기서 길거리 라이브를 하자고?"

"응! 우리도 참가하자!"

"근데 우리, 아직 멤버도…."

"잠깐 교섭하고 올게!"

나는 스테이지 뒤로 향한다. 기자재 철수 작업이 일단 잠잠해지기를 기다린 후에 조금 전에 출연했던 사람에게 말을 걸어보기로 했다. 이성이 돌아오고 보니, 갑자기 너무 나서는 것은 아닌가 하는 생각이 들기 시작했다. 그래도 뭐, 물어보는 데 돈이 드는 것도 아니니까. 아무리 그래도 생전 처음 보는 사람에게 말을 거는 건 긴장이 된다. 이상한 목소리라고 웃음을 터뜨릴지도 모른다. 하지만 아다시노도 용기를 보여줬으니, 이제 내가 나아가야 할 차례다.

"저기…."

보컬을 하던 사람이 반응을 보였다.

"어? 뭐? 나 불렀어? 아, 사인해줄까?"

다행이다. 비웃거나 하지는 않는다.

"아, 아니 그게…. 그런 게 아니고요…."

안에서 "네 사인 따위 아무도 바라지 않는다고!"라고 다른 멤버가 놀려댔다. "시끄러워!" 하고 보컬이 미소로 답한 후 우리를 향한다.

"아, 너희도 밴드를 하고 있나 보네. 혹시 무대에 나가고 싶은 거야?"

내가 매고 있던 기타 케이스가 눈에 들어온 것 같았다.

"아, 맞아요…. 조금 여쭤볼까 해서…."

아다시노는 내 등 뒤에 숨어서 어쩐지 수상한 사람처럼 행동하고 있었다.

"오히려 출연자라면 대환영이야! 최근 밴드 수가 줄어들었거든. 앞으로 더 더워질 거라 몇 시간이고 이렇게 야외에서 공연하긴 힘들어서 말이야."

그러고 보면 분명 태양을 막아주는 차양도 없고 환경 면에서는 조금 힘들지도 모른다….

"애초에 이거, 어떤 라이브 이벤트인가요…?"

"아, 우리는 여기 근처에 있는 라이브 하우스에 가끔 출연하는데, 거기 단골 밴드가 몇 팀인가 모여서 정기적으로 이 장소를 빌려서 라이브를 하고 있거든. 여기는 위치도 좋아서 조금 비싸긴 하지만. 기본적으로 30만 엔 정도를 다섯 팀이나 여섯 팀이 나눠 낸다고 보면 될까? 그래도 꽤 사람들도 많고 좋은 광고가 되니까."

뭐라고? 그럼 한 밴드당 5만 엔에서 6만 엔 정도가 필요하다는 말이야?

그건 고등학생에게는 큰돈이다…. 문화제가 열리기 전에 출연하고 싶었는데 이 이벤트는 어려울 것 같네…. 지금은 아르바이트하는 시간조차 아까울 정도니까.

"그런가요…. 그런데 저희, 고등학생이라 돈이 없어서요…. 애초에 초보자이기도 하고요."

"흐음. 밴드를 만들고 어느 정도 됐는데?"

"일주일… 정도요."

"풋… 일주일? 근데 라이브를 한다고? 너, 엄청 성급한 성격이구나! 혹시 조루야?"

마지막 대사는 못 들은 거로 치자. 그래도 분명 성급한 건 부정할 수 없다. 멤버조차 갖춰지지 않았으니.

"터무니없는 얘기겠죠…. 죄송합니다. 시간을 뺏어서."

마음이 불편해져서 자리를 떠나려고 하는데.

"어이, 다들. 뭔가 귀여운 애들이 밴드 시작하고 일주일 만에 여기서 공연하게 해달라고 찾아왔는데, 어떻게 할까?"

안에서 정리를 마친 멤버가 차례로 모여들었다.

"엉? 일주일이 어쨌다고?"

나는 어른 네 명에 둘러싸여 위축되어 버렸다….

"처, 처음 뵙겠습니다…."

"어이, 리더. 이 아이가 우리 이벤트에 나가고 싶대. 근데 결성 일주일인 데다가 돈도 없다네. 어떻게 할까?"

보컬이 질문을 던진다.

"아니, 그저 조금 여쭤보려고 했을 뿐이라…."

마음이 불편해….

리더라고 불린 스킨헤드의 무서운 얼굴을 한 사람이 나에게 질문했다.

"너희 어떤 밴드야?"

"네…?"

"카피? 오리지널?"

"저희, 비주얼계 밴드예요. 지금은 아직 오리지널 곡은 없어서, '우미츠키'의 카피를."

"흠, 그렇구나. 비주얼계 밴드라니 우리한테는 없는 장르이고 재밌어 보이네. 그래도 카피 곡만으로는 무대에 설 수 없으니까 오리지널 곡을 만들어 와. 그게 출연 조건이야."

무슨 말을 하는 거지?

"근데, 저희 돈이 없어서…."

리더가 크게 오른손을 펼친 후 눈앞에 보여준다.

"5천 엔이라면 낼 수 있지?"

"네? 아, 그 정도라면 스튜디오 대여료에 약간 더한 정도니까…."

"그럼, 카피 곡 하나, 오리지널 곡 하나, 합계 두 곡. 무대에 서는 시간은 10분으로 어때?"

"네? 그 말씀은…."

"라이브 데뷔 축하 기념으로 5천 엔에 10분을 주겠다는 말이야."

"저, 정말인가요?"

"뭐, 음악을 시작할 무렵에는 얼른 사람들 앞에서 노래를 부르고 싶어 근질근질할 테니까. 나한테도 그런 시기가 있었고."

아까의 보컬이 뒤에서 떠들어 댄다.

"리더, 2000년대생에게 1900년대 이야기는 안 통한다고!"

"이 바보! 이렇게 보여도 나, 너랑 나이 차이도 안 나잖아!"

밴드 멤버들이 가벼운 농담으로 배를 잡고 웃는다. 사이가 좋아 보여서 솔직히 부러웠다. 나도 이런 말을 가볍게 던질 수 있는 동료가 필요하다.

"뭐, 마음이 내키면 언제든 말하라고. 다음 이벤트는 8월 예정이니까. 좋은 곡 기다리고 있을게."

"고, 고맙습니다…. 그래도 왜 저희에게 이렇게 잘해주시는 건가요…?"

"아, 나도 실은 비주얼계 좋아하거든. 드럼을 시작한 계기도 '우미츠키'를 동경해서였고."

그는 부끄러운 듯 커밍아웃했다. 이 사람들의 음악은 장르가 다르다고 생각했는데 그럼에도 동경의 대상이라니. 역시 '우미츠키'는 대단한 밴드구나.

"개똥같이 연주해대면 대신 내가 드럼 쳐버릴 거니까!"

"여, 열심히 하겠습니다!"

나는 최대한의 예를 표한 후 그 자리를 떠났다. 꿀 먹은 벙어리처럼 있던 아다시노가 겨우 대화를 던져온다.

"좋은 사람들이어서 다행이야…."

"응. 여기서 연주할 수 있으면 최고일 것 같아."

"멤버를 모아야겠네… 그리고 곡도 만들어야…"

"그거야 아다시노의 곡이 있으니까."

"어…?"

"나, 그 곡 마음에 들거든. 그러니까 거기에 가사를 붙여볼게."

"으, 응…"

한 발 내디딘 용기가 불러다 준 찬스. 문화제 리벤지 라이브의 전초전. 그때까지 할 수 있는 건 최대한 해둬야지.

"돌아가면 다시 한번 '밴드하자!'에서 밴드 메이트 찾아볼게."

아다시노가 고개를 끄덕인다.

"나도 도울게."

스테이지에서는 다음 밴드가 연주를 시작한 상태였다. 관객의 박수에 섞이는 자동차 소리. 오고 가는 북새통. 가게에서 흘러나오는 BGM. 도회지의 소란이 로큰롤과 융합된다. 발을 멈춘 우리는 그런 잡음과 잠시 뒤섞여 있었다.

※

6월이 되면 비가 내리는 빈도가 늘어나지만, 오늘은 다행히도 비가 오지 않고 그저 흐린 날씨다. 찜통처럼 덥지만, 햇볕이 내리쬐지 않으니 어떤 면에서는 지내기 훨씬 낫다.

맞다. 벌써 6월이 된 것이다. 아다시노와 밴드 연습을 시작하고 한 달이 지났다. 그 사이, 우리는 스튜디오에서 연습도 하고 오리지널 곡을 만들기 시작하는 등 생각보다 바쁜 나날을 보내고 있었다. 겨우 우리도 밴드다워지기 시작했다는 말이다. 슬슬 길거리 라이브를 위해 본격적으로 멤버 모집을 하지 않으면 안 된다.

우선 나는 지금까지와는 반대의 발상에 이르렀다. 인기가 있는 사람이 아니라 인기가 없는 사람을 노려보기로 한 것이다. 인근에서 베이스나 드럼을 하고 있고, 그다지 리얼충이 아닌 사람… 뭐, 인터넷에서는 캐릭터가 달라지는 사람도 적지 않으니까 SNS의 게시글 따위 아무 도움도 되지 않지만, 그래도 가능하면 언행이 부드러운 사람을 찾다가 결국 발견했다.

그 녀석의 닉네임은 라이언. 성별은 남자라고 되어 있다. 나이는 우리와 같다. 프로필의 자기소개도 그다지 이상하지 않은 내용이다. 좋아, 합격이야!

연주 동영상도 올라와 있어서 참고삼아 들여다봤다. 영상은 연주에 필요한 부분만이 올라와 있었고, 외모는 알 수 없었다. 제일 중요한 테크닉은 솔직히 미묘했지만, 우리가 누굴 고르고 할 처지도 아니다. 면담을 통해 협조할 마음이 있어 보이면 곧바로 채용하려고 한다.

뭔가 아르바이트 면접관 같네, 나….

라이언과는 앱을 통해 연락을 취했다. 처음에는 거절당할 것 같은 분위기였지만, 매번 연습하러 다니고 있는 스튜디오의 이름을 꺼낸 순간, 보기 좋게 물고 들어왔다. 그리고는 우연히 공통의 지인 이야기로 대화가 활기를 띠게 되어 의기투합했다. 그렇게 점점 이야기가 진행되어 오늘 스튜디오의 연습이 끝나면 라이언과 카페에서 만나기로 약속을 잡아두었다. 아다시노도 함께 가기로 했는데, 남장을 하겠다는 전제를 달았다.

첫 대면에서부터 친해질 수 있을까. 긴장이 돼서 토할 것만 같다. 하지만 나도 이제 슬슬 앞으로 나아가지 않으면 안 된다. 그렇지 않으면 고소공포증을 극복해낸 아다시노에게 면이 서지 않는다. 지금부터는 내가 힘을 낼 타이밍이다.

"오래 기다렸지!"

아다시노 같지 않은 활기찬 인사였다. 그러고 보니 오늘은 남장을 하고 오는 날이었지. 하지만 목소리가 들려온 방향을 돌아보자, 나는 너무 놀란 나머지 괴성을 지르고 말았다.

"헤엑?"

"그런 목소리를 내다니 왜 그래?"

미소년 고양이가 목을 갸웃거린다.

"왜 그러고 자시고, 뭐야! 그 녀석들?"

꽃미모 호스트 풍의 모습으로 나타난 미소년 고양이는 많은 추종자들을 거느리고 있었다. 진하게 화장한 소녀, 교복을 입은 여고생, 유치원생으로 보이는 아이까지…

"왠지 모르겠지만 다들 나를 따라와서 곤란해하던 참이야."

"여자애들한테 헌팅당한 거야…?"

"흐음. 그럼, 여러분. 지금부터 나는 무척이나 중요한 용무가 있으니까 해산해주세요."

미소년 고양이의 말을 신호로 추종자들은 차례로 자리를 뜬다.

"뭔가 익숙해 보이네…"

"이 모습으로 외출하면 이런 사태를 자주 만나거든."

이런 걸 매번 하고 있다고? 너, 숨겨진 톱스타였어?

"자, 그럼 다들 쫓아냈으니, 스튜디오로 가자."

"으, 응…."

아무렇지도 않게 아다시노가 내 손을 잡는다. 자, 잠깐만. 도대체 뭐야?

나도 모르게 소녀만화의 히로인처럼 손을 급하게 뺀 후, 고개를 푹 숙이는 리액션을 취하고 말았다.

"미안. 아팠어?"

"따, 딱히 그런 게 아니라! 차, 착각하지 마!"

그러니까 내가 왜 츤데레 히로인 같은 태도를 취하고 있는 거냐고? 뭐야, 이 미소년 고양이의 신사적인 에스코트! 너무 남자답잖아! 이 녀석, 남장하면 캐릭터가 변한다니까. 마치 소녀만화의 주인공처럼. 그뿐 아니라 미소년 고양이 때는 남녀의 입장이 역전되어 버리니까….

남자인 나로서는 울화가 치민다고! 나보다 미소년이 되는 거 그만두지 않을래? 머지않아 소녀 오카미와 파란 머리 왕자 따위의 내용으로 동인지에 실릴 것만 같으니까.

"그보다 라이언은 어떤 사람일까…. 엄청 긴장돼."

남장을 해도 처음 보는 사람을 만나는 건 쉽지 않은 듯했다.

"뭐, 사이좋게 지낼 수 있도록 노력하는 수밖에 없겠지."

"어서 오세요."

언제나처럼 금발 소녀는 턱을 괸 채로 나른한 듯 우리를 맞이한다.

"또 왔나요?"

"너 말이야. 손님한테 그게 무슨 말투냐고…."

"아, 치근덕거리는 거 싫다고요. 그렇게 돈을 내는 쪽이 대단하다고 착각하는 손님이 가장 질이 나쁘다니까요. 당신 같은 사람을 블랙 컨슈머라고 말하는 거 알고 있나요?"

"완전히 네 접객 태도가 문제잖아!"

"하아… 블랙 컨슈머라는 자각도 없다니. 너무 뻔뻔하네요."

"그 말 그대로 되돌려주고 싶은데?"

그로부터 몇 번이고 스튜디오에 방문해 이 녀석의 욕설에도 이젠 익숙하다. 실은 라이언과 우리의 공통 지인이란, 이 녀석을 말한다. 사실 우리는 아직 이 녀석의 이름조차 모른다. 하지만 이렇게까지 가볍게 티격태격할 수 있는 사이가 되었으니 지인이라고 불러도 틀리지는 않을 것 같지만.

"오늘은 다른 멤버를 데리고 온 건가요? 신입인가요?"

"신입? 아니, 언제나처럼 둘이…."

이상한 말을 한다. 나는 언제나처럼 아다시노와 둘이서 온 것뿐인데.

"오늘은 이런 모습이니까 못 알아보더라도 무리는 아니야."

그러고 보니 아다시노, 오늘은 남장이었지. 완전히 잊고 있었다!

금발 소녀는 놀란 표정으로 미소년 고양이를 응시한다.

"당신이 평소의 어른스러운 여자아이…? 믿기지 않네요…."

의심쩍은 표정으로 들여다본다. 그리고 카운터에서 몸을 내밀더니 꽉.

"뭐, 뭐 하는 거야?"

거침없이 아다시노의 가슴을 움켜쥐었다. 제아무리 미소년 고양이더라도 예상외의 성추행에는 놀라서 몸을 돌리고 얼굴을 붉힌다. 이건 이것대로 뭔가 흥미를 돋우네….

"놀랐어요…. 제대로 갖추고 있네요. 풍만한 가슴."

"뭐야. 성추행 아저씨처럼!"

조금 부럽잖아, 라고 덧붙일 뻔하지 않았다고! 진짜라니까!

"이 감촉…. D인가요…. 아니, 설마 E?"

"그, 그런 거 몰라!"

그 강한 미소녀 고양이가 쩔쩔맨다. 역시 이 금발 소녀, 얕볼 수 없어.

"미소년인 주제에 그런 훌륭한 걸 가지고 있는 건 납득이 안 가지만요."

그렇게 말하고 금발 소녀는 시선을 떨구고 자신의 가슴을 흔들어 보인다.

"뭐, 앞으로 노력하기 나름 아닐까? 매일 우유라도 마시라고."

쾅! 하고, 금발 소녀가 거칠게 바구니를 카운터에 놓았다. 개구리를 노려보는 뱀과 같은 눈초리로 쳐다본다. 위험해, 너무 심하게 말해버렸다.

"가슴이 작아서 미안하네요…."

노려보는 말투로 위협당했다. 엄청 등골이 서늘하다고…. 그렇다고는 해도 오늘은 금발 소녀의 상태가 이상하다. 묘하게 들떠 있고 차분해 보이지 않는다. 눈이 헤엄치고 있다고 할까. 초점이 이쪽에 제대로 맞지 않는다고 할까.

"너, 오늘 어디 안 좋은 데라도 있어?"

"시, 시끄러워요!"

라고 외치더니 금발 소녀는 바구니 안으로 손을 찔렀다.

"자! 간식이에요!"

"간식?"

바구니를 들여다보자 푸딩이 두 개 들어있었다.

"왜 푸딩을…?"

"아무래도 좋으니까 어서 들어가라고요!"

부끄러운 듯 금발 소녀는 손등을 몇 번이고 휘저었다.

"저기…"

"뭔가요?"

"스푼이 없는데…."

내 요구에 금발 소녀는 오들오들 어깨를 움찔거린다.

"역시, 당신들 블랙 컨슈머네요!"

아니, 아무리 그래도 푸딩을 맨손으로 먹을 수는 없잖아….

성이 난 듯 기분이 안 좋아 보이는 금발 소녀로부터 스푼을 받아들고 방으로 향한다.

"간식을 주다니. 저 소녀, 우리한테 마음을 열어준 걸까?"

"우선 너부터 저 녀석에게 마음을 여는 게 좋지 않을까…?"

네가 저 녀석과 이야기한 거, 남장 차림으로 온 오늘이 처음인 거 알고 있어? 다음에도 힘내서 이야기해보자고. 그럼 꽃다발을 건네줄 테니.

"아, 그래도 다음에 올 때는 세 명일 수도 있겠네."

라이언이 밴드에 가입해준다면 연주에 풍성함이 더해질 테다. 그렇게 되면 슬슬 밴드 사운드 같은 박력이 생겨나리라. 꼭 좋은 사이가 되고 싶다.

"나는 조금 더 단둘이어도 좋은데…."

이런 말을 들으면 말이지…. 인기 없는 남고생은 착각하고 만다고! 지금은 남장을 하고 있어서 다행이지만, 아무렇지도 않게 그런 발언은 안 해주었으면 좋겠어. 도대체 뭐야. 장난을 잘 치는 아다시노야? 실은 성별 불상인 아다시노 아니야?

방으로 들어가기 전에 간식으로 받은 푸딩을 먹었다. 말투는 험한 녀석이지만 뿌리까지 썩어빠진 건 아닌 모양이다. 누군가에게 온정을 받아본 적 없는 나로서는 건네받은 푸딩의 달콤함에 마음이 녹아내렸다.

그 후에는 평소처럼 스튜디오에 들어가 연습을 시작했다. 어느 정도 노래를 부르고 나서 뒷정리를 한 후, 우리는 계산을 위해 카운터로 향한다. 접수대에는 금발 소녀가 뭔가 마음이 차분하지 않은 표정으로 앉아 있었다.

"푸딩, 잘 먹었어. 맛있더라."

"흥! 맛없다고 말하면 살아남지 못할 참이었다고요."

"어이, 거친 말투도 정도가 있다고…."

바구니를 반납하고 나는 지갑에서 돈을 꺼낸다.

"다시 올 건가요…?"

왜 그런 걸 묻는 걸까.

"가까운 시일 내에 또 올 거야."

금발 소녀가 거스름돈을 건넨다.

"뭐, 당신들이 두 번 다시 오지 않는다고 해도 저로서는 아무렇지도 않지만요."

"가게 입장에서는 문제가 되지 않을까…"

이 녀석, 평소처럼 삐뚤어진 채잖아.

"그럼, 또 봐."

"시끄러우니까 그 입 다무세요…"

천방지축 금발 소녀의 중얼거림을 등 뒤로, 우리는 스튜디오를 나섰다.

"그럼, 미팅 장소로 이동해볼까."

오늘은 지금부터 일대 이벤트가 기다리고 있는 것이다.

※

만나기로 한 카페에 먼저 들어가 자리를 잡기로 했다. 내가 카페의 소파에 앉자 아다시노가 옆 자리로 왔다. 기타는 건너편 안쪽에 세워뒀다.

"가까운데…"

"응? 뭐라고?"

"아니, 뭐 상관없지만."

주변의 반응이 신경 쓰여. 4인석인데 남자 두 명이 옆에 나란히 앉는 건 이상하잖아. 라이언이 올 때까지 버틸 수 있을까… 옆에서 보면 BL 커플로 보일지 모르지만… 정체를 알고 있는 나로서는 어디까지나 아다시노는 남장을 한 여자아이다. 어떤 선택지가 정답인지는 정말 모르겠다. 에로 게임이라면 배드 엔딩으로 향하는 길.

"나, 이런 카페 처음 와 봐."

"안심해. 나도 마찬가지니까."

오늘처럼 미팅 장소로 지정받지 않았다면 이런 세련된 카페에 들어올 용기 따위 없다. 기껏 해봐야 마스터가 혼자서 운영하는 찻집 정도가 한계다. 그래 봐야 시간을 보내기 위해 라이트노벨을 읽거나 스마트폰으로 음악을 들을 뿐일 테고….

"저기, 메뉴 좀 봐봐! 알파벳이 엄청 많아!"

"어이. 목소리가 너무 커."

바보 같은 말을 크게 떠드니까 회사원으로 보이는 누님이 이쪽을 보고 웃음을 터뜨리잖아.

메뉴를 펼치고 들여다본다. 알지 못하는 단어만 있어서 내용을 도무지 알 수가 없다. 이 에스프레소는 어떤 음료인가요? 설마 공격 마법은 아니겠죠?

"저기, 얼그레이래. 뭔가 비주얼계 같은 이름이네!"

"미소년 고양이는 조금 입을 닫아주지 않을래?"

아다시노 녀석, 가발을 뒤집어쓰면 정말로 말이 많아진다니까. 평소에도 이런 식으로 지내면 반에서 인기인이 될지 모르는데 말이야. 다른 방면으로 인기가 될 것 같긴 하지만. 그리고 과하게 내 어깨를 두드리는 것처럼 아무렇지도 않게 몸을 만지는 건 그만두지 않을래? 심장이 버텨내지 못한다고….

그렇게 둘이서 잠시 시간을 보내고 있는데,

"이, 이쪽입니다…."

점원이 테이블로 다가왔다. 조금 떨리는 목소리를 내고 있었다. 드디어 우리가 기다리던 사람이 도착한 듯했다.

"아다시노. 라이언이 온 것 같네."

"응. 좋은 사람이면 좋을 텐데."

우리는 몸가짐을 바로잡는다. 하지만 그 녀석의 실루엣이 눈에 들어오자마자 우리는 눈을 동그랗게 뜬 채 동시에 물을 엎지르고 말았다.

"아, 안내해주셔서 감사합니다. 우아. 오늘은 정말 더운 날씨네요."

더운 것은 날씨 탓이 아니잖아, 하고 딴죽을 걸고 싶어진다. 아무렇지도 않게 세상 이야기를 던져오는 그 녀석에게 나는 어떻게 반응해야 좋을지 알 수 없었다. 옆에 있는 아다시노에게 아이컨택트로 도움을 구하지만, 아다시노도 얼굴에 땀을 줄줄 흘리면서 시선을 지면으로 떨구고 있었다. 우리의 이 반응을 비춰 보건대 지뢰를 밟은 게 어느 쪽인지 알 수 있으리라….

"어라? 오카미 씨 맞죠?"

"사, 사람 잘못 보셨어요…."

"어? 아니, 점원이 이 자리라고…."

곤혹스러운 태도를 보이는데도, 그 녀석은 엄청나게 해맑은 표정을 짓고 있다. 왜냐고? 나타난 그 녀석은 어찌 됐든 기분 나쁜 풍모를 하고 있었다. 흰자가 없는 동그란 두 눈. 인형 같은 피부. 노란 털과 윤곽을 덮고 있는 노란 갈기. 입가는 계속 미소를 짓고 있다. 그 어떤 슬픔의 한가운데에 있더라도 밝은 미소를 내뿜는 이 녀석은, 머리를 괴상한 것으로 덮고 있었다. 이것이 물을 엎게 한 근원이다.

라이언은 그 이름대로 사자 모양 탈을 뒤집어쓴 채 우리를 만나러 온 것이었다. 더군다나 목부터 아래까지는 가벼운 사복 차림이었다. 이 녀석, 어느 각도에서 봐도 머리가 돈 놈이 분명했다!

"저기… 그렇게 말똥말똥 보지 마세요. 뭔가 저, 이상한가요?"

"응. 그야말로 훌륭한 괴짜라고!"

"호호호. 농담도 참. 저는 그렇게 수상한 사람이 아니라고요."

"수상한 녀석들은 대개 다 그렇게 말하지 않나?"

아니, 뭔가 비명이 들리고 가게 안에 조금 패닉이 일어나지 않았어? 뭔가 점장처럼 보이는 사람이 비장한 표정으로 어딘가에 전화를 걸고 있는데? 강도범이라고 오해하고 신고하는 중인 건 아니겠지…?

엄마, 저거 뭐야? 보면 안 돼! 같은 대사가 쉴 새 없이 귀로 들어와서 마음이 매우 불편한데…. 어이. 정말로 괜찮은 거야, 이 녀석? 안에 있는 사람, 지명수배범이거나 한 거 아니야? 그리고, 이 녀석의 목소리… 분명 남자가 아닌 것 같은데….

탈까지 써서 정체를 숨겨야 하는 이유가 뭐지? 수수께끼는 늘어날 뿐이다. 탈을 쓴 괴짜는 털썩 건너편 자리에 앉는다.

"음. 자기소개를 하는 편이 좋겠죠. 저기, 제가 라이언이에요."

"으음. 이름을 대지 않아도 그건 알 수 있어."

이래놓고 사랑스러운 래빗이라고 이름을 댄다면 당장이라도 주먹을 날릴 자신이 있다.

"우선, 목이 말라서 그런데 주문해도 될까요?"

"멋대로 해…."

"아, 저기요. 아이스티 하나 주세요."

애초에 이런 탈을 쓰고 음료수를 마실 수 있나, 이 녀석….

대화가 이어지지 않는다. 미소년 고양이는 완전히 등을 둥글게 만 채로 떨고 있다. 점원이 주문한 음료를 가지고 온 후에도 아직 우리는 말없이 마주하고 있었다.

서로 샅바를 마주 잡은 씨름 선수처럼 한 발도 물러설 수 없는 긴장감이 흐른다. 어느 쪽에서 먼저 말을 꺼내야 할지 도무지 결정할 수 없는 분위기다. 탈은 계속 웃고 있었지만 전혀 심정을 읽어낼 수 없었다. 도화선에 불을 붙인 건 라이언이었다.

"저기, 도와줄 수 있어요?"

"뭘…?"

"입에 빨대를 좀 꽂아주세요."

"그게 도대체 무슨 부탁이야!"

"목이 마른데 스스로는 마실 수 없어서…."

그렇다면 탈을 벗으라고!

"입가에 공기 구멍이 있으니까 거기에 빨대를 꽂아줬으면 좋겠어요."

"어, 어쩔 수 없네…."

멈칫거리며 잔을 손에 쥐고, 나는 손가락으로 빨대를 잡는다. 그리고 그대로 탈의 입가로 가져간다.

"여, 여기면 되는 거야?"

"조금 더 오른쪽이에요…. 아, 아니, 그 구멍이 아니에요…. 조금 더 왼쪽인가…. 아니, 역시 오른쪽이네요…. 아아, 바로 거기."

"이게 도대체 뭐 하는 짓이야!"

뭐야, 이 기분 나쁜 대화는!

"이리 줘봐! 여기에 꽂으면 되는 거지!"

나한테서 잔을 뺏어 든 미소년 고양이가 몸을 기울인 채 호쾌하게 빨대를 꽂아 넣는다.

"아, 거기예요! 들어왔어요!"

"제대로 들어가서 다행이네."

"정말 남자다워요. 반할 것만 같아요."

아니, 아다시노는 여자라고! 아니, 그리고 애초에 무슨 대화가 이래! 머리가 아파온다….

추르릅 소리를 내면서 라이언은 목을 적신다. 공기 구멍에서 빨대를 빼고 만족스러운 듯 숨을 내쉬더니,

"자, 그럼. 본론으로 들어갈까요."

"네가 주도권을 잡으려는 거야…?"

이래서는 안 된다. 완전히 상대에게 주도권을 빼앗기고 말았다.

"우선, 불러주셔서 감사합니다."

"벌써부터 후회하고 있지만."

"뭔가 말했나요?"

라이언이 팔짱을 낀 채 묻는다. 나도 모르게 기가 죽었다.

"아니, 아무 말도 안 했어…."

라이언이 위압적으로 행동하는 건 아무래도 일부러인 것 같다. 쓸데없이 파고들지 말고, 암묵적인 양해를 따르기 바란다는 의사 표시겠지. 그렇다면 그 부분은 일단 눈을 감아주기로 하자. 같이 온 아다시노 또한 정체를 숨기고 있는 건 마찬가지니까. 하지만 우리에게 접촉해왔다는 점에는 무언가 의도가 있는 게 틀림없다. 이런 변장까지 하고 나타나서 도대체 우리에게 무엇을 바라는 걸까?

"어째서 우리를 만난 거야? 그저 즐겁게 밴드를 하고 싶어서인 것만은 아닌 것 같은데?"

"네. 사실 부탁할 게 있어서 찾아왔어요."

"새삼스레 뭔데…?"

심상치 않은 분위기에 나는 침을 꿀꺽 삼킨다.

"제가 밴드를 도와주는 조건으로 칸바라 코토리도 밴드에 넣어주었으면 해요."

"어…? 칸바라 코토리? 그게 누군데?"

갑자기 알지 못하는 이름이 튀어나와서 당황했다.

"어라. 놀랐어요. 이렇게 기본적인 이야기가 통하지 않다니. 아무리 그래도 이름 정도는 댔으리라 생각했었는데. 코토리도 정말 츤데레가 심하네요."

"그러니까 그 코토리라는 녀석이 누군데?"

"음. 그러니까 당신이 친하게 지내고 있다는 스튜디오의 여자아이예요."

"아아? 그 입이 걸걸한 금발 소녀?"

분명 이 녀석과 메시지를 나눌 때는 그 화제로 들뜨긴 했지만. 그 녀석 칸바라 코토리라는 이름이었구나. 다음에 이름을 불러주면 엄청나게 놀라겠지.

"아니, 애초에 그 녀석… 악기를 했었어…?"

그러고 보니, 아까도 상태가 이상했어. 설마, 그 태도….

"분명 그 아이는 솔직해지지 못하는 것뿐이에요. 그러니까 제가 손을 빌려줄 테니, 그 아이에게도 찬스를 주세요."

"아니, 잠깐 기다려. 제멋대로 이야기를 진행시키지 마. 너는 베이스인 걸 알고 있지만. 그럼 칸바라의 파트는?"

"코토리는 드럼을 쳐요."

"그렇구나…. 이 네 명이라면 제대로 밴드가 구성된다는 건가…."

그래도 신경 쓰이는 점이 있다.

"너는 칸바라랑 무슨 관계인데? 네가 손을 빌려주면 그 수상한 녀석을 완전히 설득할 수 있다는 거야?"

라이언은 갑자기 말이 없어진다. 가만히 테이블을 바라본 채로 말을 고르고 있는 듯했다.

"조금 자신은 없지만…. 일단 저와 코토리는 밴드 동료였으니까…."

"뭔가 애매한 말이네. 그 말은 곧 지금은 밴드를 같이 하고 있지 않다는 말이네?"

"네, 맞아요…. 지금은 소원한 관계예요…. 제가 그녀를 배신해

버려서…."

허벅지에 올려둔 라이언의 주먹에 힘이 들어가는 것처럼 보였다.

"사정을 들려줄 수는 없고…?"

걱정스러운 듯 미소년 고양이가 라이언을 재촉한다.

"…조금 무거운 이야기가 될 텐데요?"

"응…. 그래도 제대로 들어두지 않으면."

"사신. 코토리는 주변에서 그렇게 불리고 있어요."

"사신? 그건 또 불온한 이름이네."

"정말 심하죠…. 그녀는 아무것도 잘못한 게 없는데…."

"그럼 어째서 사신이라고 불리게 된 거야?"

"이상한 이야기지만, 그녀와 얽힌 사람은 차례차례 사고를 당하거나 병이 걸리거나 하거든요. 가령 그녀의 반에만 병이 퍼져서 학급이 폐쇄되거나, 혹은 담임 선생님이 사고를 당해서 바뀌는 경우가 연이어 일어나는 것처럼요. 그런 불행의 연쇄가 그녀를 주위에서 멀어지게 했어요."

"뭐야, 그게. 그런 거 그저 우연 아니야?"

"네, 물론이에요. 그저 우연이죠. 그래도 사람들은 거기에서 의미를 찾으려 하거든요. 그러다가 이 화제에 외부에서 개입해오기 시작하면 수습이 되지 않아요. 그녀를 대하는 혐오의 팬데믹이 일어나죠. 그 결과, 그녀는 미움받게 되었고, 결국 고립당하게 됐어요."

"그래도 그런 걸 이유로 사신이라니, 너무 과장된 거 아니야…? 역병을 부르는 신이라면 또 모르겠지만…."

"아직 뒷이야기가 남아 있거든요. 그녀가 사신이라고 불리게 된

계기가 된 불길한 사건이…."

"무슨 일이 일어났는데?"

"그녀의 아버지가 사고로 돌아가셨어요…."

칸바라의 비참한 과거에 나와 아다시노도 굳게 입을 다물고 만다.

"그리고 저도 교통사고로 다치게 됐고요…."

"뭐? 너까지 사고라니…. 무슨 그런 농담 같은 일이…."

"그것을 계기로 밴드는 공중분해. 그 밖에도 여러 일이 겹쳐서 저는 밴드를 탈퇴했죠. 그야말로 제가 혼자 노력한다고 해도 어떻게 될 수 있는 이야기가 아니게 됐거든요…. 그래도 지금은 그 결단을 크게 후회하고 있어요…. 왜 그때 코토리 옆에서 그녀를 지탱해주지 못했을까…."

라이언의 체구가 가냘프게 시들어서 보기에도 안쓰러웠다. 칸바라의 과거는 눈을 돌리고 싶을 정도로 괴로운 것임이 틀림없다.

"코토리는 새로운 학교에서도 경음악부에 들어가서 친구를 만들고자 애쓴 것 같지만. 결국 사신의 힘에는 이기지 못한 듯해요…. 자포자기가 되어 점점 학교에도 가지 않게 되었다고 건너건너 들었어요…."

"그러고 보니 그 녀석, 항상 스튜디오에 있으니까…. 고등학생이 평일에 아르바이트만 하는 것도 이상하고 말이야…. 학교에 가지 않았던 건가…."

"가정 사정도 있어요…. 자세한 건 말할 수 없지만요."

"으응…."

유복하지는 않다는 말이겠지. 그다지 파고들어서는 좋지 않을 것 같은 이야기다.

"그 스튜디오의 점장과는 전부터 알고 지낸 것 같은데, 모든 사정을 안 채로 일하게 해준 것 같아요."

"그 점장이란 사람은 적어도 칸바라에게 마음 편히 지낼 수 있는 곳을 만들어주고 싶었나 보네…."

그렇게 그 녀석은 새장 안에 스스로 갇혀버렸다는 건가. 그런 좁은 스튜디오의 카운터만이 마음을 놓을 수 있는 공간이라고 말하는 것처럼. 처음 스튜디오를 찾았을 때 느꼈던 기시감. 그 녀석은 차갑게 식어버린 눈을 하고 있었다. 하지만 동시에 우리는 등 뒤로 시선을 느꼈었다. 그건 선망이었던 걸까.

"아, 그렇구나. 그래서 칸바라는 우리에게 간식이라면서 푸딩을 준 걸까."

그건 갑작스러운 변덕 따위가 아니다. 심술만 부리던 그 녀석이 처음으로 솔직하게 건네준 우리를 향한 메시지였던 것이다. 언제나 카운터에서 우리를 바라보는 그 두 눈이 바라고 있던 것은….

"밴드에 넣어달라는 말 따위… 말로 하지 않으면 알 수 없는데…. 그 금발 소녀, 정말 서투른 녀석이네…."

그래도 오늘 그 녀석에게 받아서 먹은 푸딩은 지금까지 먹은 어떤 푸딩보다도 달콤하고 맛있었다.

제길. 이런 이야기를 듣게 된다면 더욱더 되돌릴 수 없게 되잖아.

나도 아다시노도 바로 얼마 전까지는 칸바라처럼 자신의 껍질에 갇혀 있었다. 그래서 그 녀석이 품고 있는 어두움에 공감하게 되는 것이다. 타인이 자신을 받아들여 주지 않는 괴로움도 비참함도 나는 알고 있다.

"라이언. 메시지로 말했지만, 우리는 비주얼계 밴드를 하고 있는데. 어떤 건지 알고 있어?"

"어…? 어떤 거라고 해도…."

아다시노가 말을 잇는다.

"이 가발은 어떤 상처라도 숨겨주는 마법이야."

"에…. 어? 저기, 혹시… 여자?"

라이언이 놀란다. 그렇겠지. 이 녀석은 우리의 자랑스러운 남장 기타리스트라고!

감쪽같이 속았지?

"아다시노는 이상적인 자신이 되고 싶어서 이렇게 남장을 하고 있어. 이상하다고 생각해?"

"아니. 뭐. 제가 할 말은 아니네요…."

"응, 그건 그렇긴 하네…. 그래서 나도 비주얼계 밴드를 만들어서 이상적인 자신을 선보이고 싶다고 생각해."

우리는 각각 숨기고 싶은 일을 품고 있다. 하지만 목적은 똑같을 테다.

"나는 칸바라도 이상적인 자신이 되어주었으면 하고 바라. 우리와 함께 비주얼계 밴드를 짜서, 그 녀석 또한 되고 싶은 자신으로 변신했으면 해. 그렇기에 라이언. 칸바라를 구하자. 그 녀석을 웃게 할 수 있는 건 널리 울려 퍼지는 음악뿐이겠지?"

칸바라에게 달라붙어 있는 사신. 그 녀석을 쫓아내기 위해서는 귀를 멍하게 하는 폭음밖에 없으리라.

"고마워요⋯. 그런 말을 해주는 친구가 있다니, 코토리는 행복한 사람이네요⋯. 저도 그녀에게 제대로 사과하고 싶어요. 그러니까 꼭 그 비주얼계 밴드에 저도 가입시켜 주세요."

"응. 부탁해. 우리 같이 그 녀석을 구하자."

기다리고 있으라고, 칸바라. 우리가 곧바로 너를 새장에서 꺼내줄 테니까.

"우선 그 녀석이 다시 학교에 갔으면 좋겠는데. 칸바라가 다니는 학교는 어디야?"

"그게⋯."

라이언이 내뱉은 말에 우리는 경악했다.

▶ **3rd song**

비의 오케스트라

격동의 주말이 끝나고, 우울한 월요일이 찾아왔다. 아무리 그래도 이런 날 평소보다 빨리 일어나서 등교하고 싶지는 않지만…. 그래도 오늘은 중요한 약속이 있다. 나와 마찬가지로 이른 시간에 학교에 온 아다시노와 함께 교무실을 찾았다.

"어. 오카미와 아다시노잖아. 두 명이 같이 찾아오다니 별일이네. 그것도 이렇게 아침 일찍. 나한테 뭔가 용건 있어?"

"어 그게. 선생님께 조금 상담할 게…."

"중간고사 점수를 고쳐달라고 부탁하러 온 거야? 꿈도 꾸지 말라고. 특히 아다시노는 낙제점이니까, 밴드도 좋지만 공부도 제대로 부탁해."

"어이, 낙제점인 거야? 너…."

마음이 불편한 듯, 동그란 안경을 쓴 수수한 고양이는 진심으로 사과하는 표정을 짓는다.

"그런 쓸데없는 이야기가 아니고요. 실은 칸바라 코토리 건으로 상담을 조금 하고 싶어서요."

깜짝 놀란 듯 유메사키 선생님은 눈을 크게 떴다.

"쓸데없는 이야기라니 뭐야. 뭐 아무래도 좋지만. 그건 그렇고 칸바라라…. 너희 어디서 그 아이를 알게 된 거니…?"

칸바라의 이름을 꺼낸 순간, 담임의 리액션이 떨떠름해졌다. 라이언에게서 칸바라가 다니는 고등학교를 듣고 놀랐다. 놀랍게도 우리 학교였던 것이다. 그리고 학년은 우리보다 하나 아래. 입학하자마자 등교 거부를 하고 있다는 말이 된다.

"알고 싶어요. 그 아이에 관해서."

"어디까지 알고 있는데?"

"적어도 지금은 학교에 다니지 않고 있다는 거요."

"흐음…. 하필이면 칸바라인가. 알고 있어? 우리 교사들조차도 손을 놓고 있는 미해결 문제에 발을 들이려고 하고 있다는 거? 너희에게는 짐이 무거울 것 같은데?"

이 말투, 역시 칸바라의 등교 거부는 현재진행형으로 이어지고 있다는 거겠지. 하지만 나는 의연하게 선생님에게 눈으로 호소한다.

"흐음…. 의지가 굳은 것 같네. 어디 보자, 오카미. 잠깐 핸드폰 좀 줘봐."

"왜요?"

"아무래도 좋으니까, '밴드하자!' 실행해봐."

"'밴드하자!'를요?"

"사신이라고 검색하면 금방 찾을 수 있을 거야."

담임이 말한 대로 앱을 켜고 검색해봤다. 곧장 사신이 나왔다.

"이것이 칸바라의 프로필?"

"동영상 업데이트가 멈춰 있지? 그날부터 그 아이는 학교에 오지 않았어."

지금이 6월 초순. 동영상 업데이트가 멈춘 것이 4월 말이다. 처음으로 칸바라와 만난 것이 5월 초였으니까, 그때 이미 그 녀석은 등교 거부를 하고 있었다는 말이다….

"그 아이는 경음악부에 가입해 있었어."

경음악부. 작년의 문화제 후에 나는 곧장 동아리를 그만뒀다. 그래서 올해 입학한 칸바라의 존재는 알지 못했다. 애초에 내가 있었다고 해도 그녀를 도와주는 건 불가능했을 테지만.

"네, 그건 저도 대충은 들었어요."

"한 달도 채 채우지 못한 기간인데. 그 짧은 기간에 밴드 세 개의 인간관계를 파괴했지…."

"사신이라는 이유로…."

"음…. 그런 비과학적인 이유를 인정하고 싶지 않지만 운 없게 도 우리 부원의 친구 중에 그녀와 같은 반이었던 아이가 있었거 든. 이런 종류의 소문은 금방 돌게 되니까."

"그런 과거의 소문 때문에 칸바라가 고립되게 된 건가요…?"

"손을 내밀어주려 한 착한 아이도 있었어. 하지만 그 아이 또한 잠시 연주를 할 수 없을 정도로 다치게 됐거든. 아군은 없어졌지. 있을 곳이 없어진 칸바라는 반에서도 자리를 찾지 못했고, 결국 학교에도 오지 않게 된 거야."

"그 녀석 탓이 아닌데도…."

"분명 사고나 병은 우연이야. 하지만 나는 본인에게도 문제가 있다고 생각해. 성격이 날카로우니까 말이야. 칸바라는 적을 만들 기 쉬운 성격이야. 말을 액면 그대로 받아들이니까."

선생님은 크게 숨을 내쉬고는,

"그렇기 때문에 그 아이는 지금, 자유롭게 날개를 펼칠 수 있는 자리가 필요할 거야."

깨달음을 얻은 것처럼 중얼거렸다.

"자, 내가 아는 건 전부 말했어. 그래서 너희는 어떻게 할 건데?"

"칸바라를 밴드에 넣고 싶어요."

아다시노는 고개를 끄덕이고 있다.

"하아… 상담이라고 하기에 뭔가 했더니. 이미 마음을 정하고 있었던 거잖아? 그렇다면 말리지는 않을게. 너희가 스스로 정한 거니까. 후회할 권리도 너희에게 있어. 나는 과보호하는 사람은 아니니까."

거기서 잠깐 말을 끊더니 선생님은 상냥한 미소를 보여주었다.

"내가 말할 수 있는 건 여기까지야. 남은 일은 너희에게 맡길게. 열심히 해보라고."

"고맙습니다."

이걸로 사신이 등교 거부를 하고 있다는 것은 확인했다. 그런 거라면 라이언과 힘을 합쳐 그 녀석의 단단한 자물쇠를 부수러 가지 않으면 안 된다.

"실례했습니다."

우리는 인사를 하고 문으로 향했다.

"오카미, 아다시노."

갑자기 선생님이 우리를 불렀다.

"네?"

선생님은 살짝 고개를 숙인다.

"칸바라를 찾아줘서 고마워."

그 말만을 남긴 채 다시 고개를 돌려 자신의 일로 돌아갔다.

※

앱으로 연락은 취했지만, 라이언과 만나는 것은 보름 만이다. 그 사이, 우리는 사신을 밴드로 끌어들이는 작전을 짰다. 어떻게 하면 라이언의 사과를 받아들이게 할 수 있을지. 그리고 어떻게 하면 우리의 마음을 믿어주게 할 수 있을지. 방법은 하나뿐이다. 바로 그 녀석에게 우리의 곡을 들려주는 것이다.

6월도 절반이 지나갔다. 라이언이 생각보다 바빴기에 겨우 날을 맞춘 것이 오늘. 우리는 모여서 스튜디오로 향했다.

"좀처럼 일정을 맞추지 못해서 죄송해요."

"뭐, 마음을 준비할 시간도 필요하니까. 마음가짐을 새로 하기에 딱 좋았어."

"괜찮을까요… 코토리가 사과를 받아줄까요…?"

"그건 뭐, 해보지 않으면 모르니까."

사정은 알 수 없다. 하지만 지금도 라이언은 칸바라를 배신했다는 후회로 가득 차 있다. 과연 칸바라는 이 녀석을 정말로 미워하고 있을까…

"분명, 괜찮을 거야."

불안해하는 라이언을 옆에 있는 미소년 고양이가 격려한다.

"응. 고민만 계속하는 건 소용없으니까. 할 수 있는 만큼 해보
자."

우선 나와 아다시노 둘이 스튜디오에 들어섰다.

"어서 오세요."

귀에 익숙한 나른한 목소리가 가게 안에 울려 퍼졌다.

"어이. 오랜만이야."

"뭔가요. 그 몇 년 만에 항구로 귀환한 뱃사람 같은 말투는…."

"칸바라는 잘 지냈어?"

일부러 이름을 불러봤다. 과연 어떤 반응을 보이려나.

"당신… 어떻게 내 이름을?"

예상대로 칸바라는 당황한 듯했다.

"우리, 아무래도 같은 학교였던 것 같네. 유메사키 선생님께 들
었어."

칸바라의 얼굴에 확실한 적의가 맴돈다.

"뭐죠…. 그럼, 당신들 그 교사의 사주를 받은 거였나요…. 그래
서 계속 여기 와서 저를 설득할 셈이었던 거군요."

"아니야."

아다시노가 곧장 부정한다.

"칸바라가 같은 고등학교인 걸 알게 된 것은 최근 일이야. 우리
는 우리 의지로 오늘 여기에 온 거야."

칸바라는 입을 닫고 만다. 세상으로부터 배신당해온 소녀의 시
선에는 반사적으로 희망보다도 의혹 쪽이 강하게 떠오른다. 우리
가 교사의 사주를 받고 온 것이라고 의심하고 있을 테니, 이러니저

러니 변명을 늘어놓는 것보다 솔직하게 이야기를 하는 수밖에 없다. 우리가 오늘 이곳에 온 것은 이 녀석에게 드럼을 쳐달라고 부탁하기 위해서다.

"우리, 새로운 멤버를 받아들이기로 했거든. 오늘은 그 녀석을 소개하고 싶어."

그것이 신호였다. 가게의 문이 열린다.

생각지도 못한 인물의 등장에 칸바라는 굳어버리고 만다.

"너, 설마…."

라이언이 천천히 다가오며 가볍게 손을 들어 인사를 한다.

"안녕…."

칸바라가 미간을 손으로 쥐었다.

"당신들…. 이 녀석이 누군지 알고 밴드에 넣은 건가요?"

나는 아다시노와 눈을 맞춘다.

"아니, 모르는데."

그거야 절대로 캐묻지 말라는 아우라를 물씬 풍기니까 깊게 파고들 수 없다고.

"하아…. 앞으로 어떻게 돼도 저는 모르는 일이니까요…."

칸바라의 말에 뼈가 담겨 있었다. 라이언을 가입시키면 뭐가 어떻게 된다는 거지?

"저기, 코토리…?"

라이언이 칸바라를 부른다.

"갑자기 그렇게 친한 척 부르지 말아 줄래?"

하지만 금발 소녀는 퉁명스럽게 답한다.

"아니, 예전이랑 크게 다르지 않게 불렀는데…."

"나한텐 그렇게 이상한 탈을 뒤집어쓰는 친구 따위는 없으니까."

라이언의 말이 막힌다. 안타깝게도 가엾게 여겨지기 시작한다. 칸바라의 답은 노기를 띠고 있었다. 역시 라이언을 용서할 수 없는 걸까.

하지만 칸바라는 그 이상으로 내치지는 않았다. 떨어져 있던 시간 탓에 거리를 좁히는 법을 모르는 것뿐일 테다. 예전처럼 자연스레 대화가 시작되지 않았다. 분명 서로가 예전에 어떻게 대해 왔었는지를 더듬어 찾고 있으리라.

"나, 이 두 명의 밴드에 들어가고 말았어."

"흐, 흐음. 그래서 그게 나랑 무슨 상관인데?"

있는 힘껏 강한 척을 하는 모양새다. 사실은 너무나 신경 쓰여 어쩔 도리도 없으면서.

"저기, 칸바라? 우리에겐 드럼이 없어."

칸바라의 어깨가 움찔 움직였다.

"우리 드럼을 찾고 있거든. 여름에 길거리 라이브에 참가할까 하고 있어. 그러니 빨리 멤버를 갖추고 싶어."

내가 이렇게까지 알기 쉽게 먹이를 던져도 칸바라는 쉬이 대답하지 않는다.

"나한테 관여하지 않는 게 좋다고 전에 말 안 했던가요?"

칸바라는 거절한다. 과거에 있었던 여러 일이 이 녀석을 겁쟁이로 만들었을지도 모른다. 이 녀석을 사로잡고 있는 환영. 목을 베는 낫을 가진 악마.

"사신이니까…?"

입을 굳게 다문 후, 칸바라는 얼굴을 숙인다.

"거기까지 알고 있으면서도 왜…."

"사신 따위에게 너로부터 음악을 빼앗을 권리는 없어."

나는 카운터로 몸을 기울인 채 칸바라의 손을 잡는다.

"아니…. 뭘 그리 아무렇지도 않게 만지는 거예요? 경찰 부를 거예요!"

"아. 그래도 돼. 연습이 끝난 후에 얼마든지 불러. 그러니까 같이 합을 맞춰보자."

"그래도 저, 일을 해야 하는데…."

"너, 매번 제대로 일하지도 않잖아. 앗, 아파!"

있는 힘껏 칸바라에게 손등을 꼬집었다. 하지만 비난을 보이는 눈은 점차 부드러워진다.

"알았어요…. 그렇게까지 말한다면, 잠시 땡땡이 좀 치죠, 뭐…."

칸바라의 결단을 듣고, 동료들에게 웃음이 퍼진다. 자, 지금부터가 본 시합이다. 우리가 연주하는 음악의 열량으로 이 녀석을 괴롭히는 사신의 주술을 불태워 주겠어!

방의 넓이는 달라지지 않았지만, 이상하게도 좁게 느껴진다. 평소에는 오른쪽에 있는 아다시노의 기색만이 느껴졌지만, 오늘은 왼쪽 사이드에서 압박감이 들었다. 위압감 있는 인형 탈 때문일지도….

아다시노와 라이언은 한창 조현을 하는 중이다. 현을 피크로 퉁기면서 다른 한손으로 헤드의 페그를 잡으며 음정을 잡는다. 칸바라는 문에 몸을 기댄 채 우리와 시선을 맞추려고 하지 않는다. 라이언 쪽은 준비가 끝났는지 프렛에 손가락을 올린 채 호쾌한 중저음을 울린다.

"오랜만이라서 어깨가 떨리네요."

나는 아다시노를 돌아본다.

"준비됐어?"

"완벽해."

미소년 고양이가 나에게 웃음으로 답한다. 나는 심술꾸러기에게 말을 건다.

"칸바라, 우리가 너한테 온 마음을 담아서 전달할 테니까."

선곡한 것은 교실에 나타난 미소년이 갑자기 내 눈앞에서 연주한 그 곡. 문화제 스테이지에서 내가 불렀던 바로 그 곡이다. 이렇게 좁은 스튜디오에서 우리가 얼마만큼 빛날 수 있을지는 알 수 없다. 하지만 우리의 본심이 담긴 연주는 분명 칸바라의 마음을 울릴 것이라 믿는다.

"칸바라, 들어줘. 우리는 〈HERO〉가 되고 싶어!"

타이틀 콜을 신호로, 미소년 고양이가 피크로 기타의 보디를 둥둥 두드리며 카운트를 시작한다. 스리 카운트가 끝나고 한순간의 공백에 들어간다. 찰나의 무음을 감싸 안고 섬세한 기타와 흉악한 베이스의 음색이 활주한다. 휘날리던 정적은 귀를 붙잡는 폭음으로 다시 태어난다.

아다시노의 연주는 한 치의 오차도 없다. 유메사키 선생님이 인정한 솜씨는 허세가 아니다. 화려하지는 않지만, 실수가 극단적으로 적다.

라이언의 베이스는 정반대의 인상이었다. 연습 시간을 감안해 다소의 실수에는 눈을 감아줄 수밖에. 하지만 그렇다고는 해도 너무 대충 연주하는 건 아닐까 하는 생각이 들 정도다. 그럼에도 머리를 흔들면서 연주하는 베이스음은 기타를 잡아먹을 정도의 존재감을 발하고 있었다. 칸바라를 향한 마음이 플레이에 담긴다. 이것이 라이언 나름의 사죄인 것이다.

아다시노는 라이언을 옆 눈으로 바라본다. 상승효과라고 해야 할까. 미처 날뛰는 베이스에 대항하여 얌전하던 아다시노의 기타가 소리를 높인다. 서로 맞서 싸우며 경쟁하던 두 악기가 점차 호흡을 맞춰간다. 이인삼각을 하는 것처럼 보폭을 맞추고 어깨를 감싼 채 함께 뛰기 시작했다.

그리고 내 차례가 찾아왔다. 둘의 연주가 인트로에서 A 멜로디로 들어서자, 내 목소리가 흉포한 유니즌으로 녹아든다. 그리고 나는 목이 찢어질 정도로 외쳤다!

"손톱 끝으로 빚어내는 정열로
슬픔을 끊어내고
너에게 쏟아지는 커튼콜"

나는 음악의 힘을 믿고 있다. 왜냐하면 내가 아다시노의 기타 플레이에 구원받았기 때문이다. 그날, 이 녀석이 밴드로 초대해주지 않았다면 나는 분명 지금도 그 교실에서 투명인간으로 지내고 있을 것이다.

"울부짖는 멜로디로
빛을 밝히고
꿈을 꾸는 눈동자가
영광의 발자국이 되리"

그렇기에 칸바라에게도 가닿기를 바란다. 우리에게는 이 소리를 즐길 권리가 평등하게 주어져 있다.

라이언은 거칠게 몸을 흔든다. 내리치는 듯한 트레몰로가 모든 것을 유린하는 것만 같다. 농밀한 저음이 실내의 모든 물건을 흔들리게 한다. 그 진동은 분명 칸바라의 마음도 흔들고 있으리라.

"상처뿐인 날개를 펼쳐서
꿈의 지도에 그려진 장소에"

그 처참했던 스테이지와는 다르다. 우리의 소리는 지금 빛나고 있다.

이 환한 빛을 나는 기다려 왔다.

하지만 아직 부족하다.

우리의 마지막 피스는 채워지지 않았으니까.

"마음이 닳아지면서도
날갯짓을 한 너는
HERO"

아다시노의 손가락이 현의 계단을 한 단씩 내려간다. 마치 책의 페이지를 한 장씩 넘기는 것처럼 아르페지오로 엄숙한 아웃트로를 연주한다. 우리는 순식간에 한 곡을 돌파했다. 그야말로 전력으로 달린 뜀박질이다.

"하아하아…. 칸바라. 우리 연주, 어땠어?"

숨을 헐떡이면서 나는 웃어 보인다. 하지만 칸바라는 웃지 않는다. 라이언이 입을 연다.

"코토리… 다시 한번, 나와 함께 연주해주지 않을래?"

그 말을 잇듯이 아다시노가,

"칸바라, 부탁이야."

라고 드럼 스틱을 건넨다.

"칸바라? 너, 전에 우리에게 푸딩 줬잖아? 이것이 우리의 답례야."

내가 말하자 완고했던 칸바라가 결국 함락된다.

"하아…. 알겠어요."

칸바라는 아다시노의 손에서 난폭하게 스틱을 빼앗아 든다.

"너, 베이스는 기세만으로 쳐서는 안 된다고 몇 번 말해야 돼? 우리 리듬진이 템포를 망가뜨려서 어쩌자는 거야. 정말 원숭이 수준의 지능 아니야?"

"어? 갑자기 지적이야? 부끄럽게⋯. 즐거워서 나도 모르게⋯."

"그리고, 기타!"

"어?"

"당신, 실력이 뛰어난 건 인정하겠어요. 그래도 이 바보한테 대항심을 불태우고 나서부터는 연주가 엉망이 됐다고요. 밴드는 개인 경기가 아니에요. 단체전이라고요."

"미, 미안⋯."

"마지막으로 거기 그 이상한 목소리."

"어, 나?"

상처 입으니까 그런 호칭으로 부르지 말아 주었으면 하는데⋯.

"당신, 평소 보잘것없는 대사만 말하고, 뭔가 중2병 같은 것만 생각할 것 같아서 한기가 돈다고요! 기분 나빠! 저질!"

"뭐? 내가 그렇게 기분 나빠? 아니, 애초에 지금의 지적질은 노래랑은 관계없잖아?"

침울해지려고 하는 참에 퉁, 하고 칸바라에게 엉덩이를 걸어차였다.

"뭐, 뭐 하는 거야?"

"당신, 프런트맨이잖아요? 밴드의 얼굴은 보컬이니까. 우리가 아무리 완벽한 연주를 하더라도 관객의 인상은 당신 노랫소리에 달려 있으니까요."

"아니, 확실히 말해달라고! 뭐가 어쨌다는 거야?"

"그러니까 자신의 목소리에 자신을 가지라고요! 그 목소리가 매력 있게 느껴졌으니까! 내 드럼으로 이 밴드의 분위기를 띄워

줄게요!"

마음이 무척이나 든든하다. 이 녀석의 연주 기술이 뛰어나다는 것은 라이언에게 익히 들어 알고 있다. 칸바라의 가입은 우리 연주에 어떤 화학반응을 불러일으켜 줄 것인지 기대가 되었다.

"그럼 한 곡만 맞춰보지 않을래요? 〈ROSY〉로 괜찮나요?"

"너, 〈ROSY〉 연주할 수 있어?"

"그렇게까지 매일 듣게 되면 기억하고도 남지요."

"듣고 있었던 거야…?"

칸바라는 휙 고개를 돌린다. 정말이지 귀염성이라고는 없는 녀석이다.

"자, 그럼 시작할게요."

칸바라가 드럼 스틱을 높이 들어 올린다. 셋을 센 후에 하이햇이 찢어지는 소리를 올린다. 풋워크에는 자신이 있다고 호언하는 듯 칸바라의 다리가 페달을 밟자, 베이스 드럼의 중음이 온몸에 엄청난 진동을 준다. 그리고 다음 순간, 칸바라가 아까 한 지적을 제대로 따르는 듯한 두 명의 플레이가 음을 맞춘다.

조금 전과는 완전히 다르게 아다시노는 정확한 프레이즈를 연주한다. 그 아다시노의 손놀림을 신경 쓰면서 소리의 빈 곳을 정성스럽게 채우는 베이스의 저음. 그 두 명의 페이스를 관리하는 것이 기둥이 되는 칸바라의 일이다.

칸바라가 새기는 비트가 우리의 리듬을 정한다. 한 음 한 음 쌓아 올린 소리가 망가지지 않도록, 시끄러운 하이햇과 온몸을 울리는 스네어로 두 명에게 말을 건다. 겨우겨우 우리의 〈ROSY〉가 완성됐다.

처음에는 아다시노의 날카로운 기타뿐이었다. 거기에 호쾌한 라이언이 베이스로 가세하자 분명 중후함이 더해졌다. 하지만 압도적인 무언가가 부족했다. 아직 내 등 뒤에서 먼지를 뒤집어쓴 드럼 세트가 눈을 뜰 시간을 기다리고 있었기 때문이다.

마지막으로 뛰어 들어온 방약무인의 금발 소녀가 드럼 세트에 스틱을 두드리자, 먼지는 마치 깃털처럼 하늘로 날아올랐다. 경쾌한 칸바라의 드럼은 섬세함과 호쾌함은 물론 세련된 기량을 보여주었다. 우리의 연주는 내 인생사 전체를 통틀어 가장 크게 내 마음을 울렸다.

역시 나는 도망칠 수 없다. 이 음악의 저주는 모두에게 행복을 가져다준다. 음악은 이렇게도 덧없다. 그런데도 왜 우리는 이 걸음을 멈출 수 없는 걸까. 음악이라는 짐승의 길에 이 몸을 던지고 마는 걸까.

답은 언제나 울려 퍼지는 멜로디 안에 있었다. 이 네 명이 발하는 빛은 아웃트로가 끝나고 몇 분이나 지났음에도 아주 조금도 빛이 바래지 않았다.

"칸바라. 너, 학교 나오지 않을래?"

"아무도 바라지 않을 텐데요."

칸바라 또한 언젠가 뛰어넘지 않으면 안 된다. 자신을 괴롭히는 사신의 주술을.

"우리가 바라고 있으니까."

"…생각해볼게요."

서글픈 표정이 잠시나마 가신 듯한 느낌이 들었다.

※

그날은 공교롭게도 비가 내렸다. 신도 완전히 심술꾸러기다. 이렇게 기념할 만한 날쯤은 쾌청한 날씨로 만들어줘도 좋으련만.

'학교에 가보겠다.'

낭보였다. 칸바라의 입에서 튀어나온 말이 우리를 기쁘게 했다. 하얗게 불태웠던 합주일로부터 일주일이 지나 있었다. 우산에 팅겨 나가는 빗소리가 찬미가처럼 들려온다. 나는 수수한 고양이와 함께 칸바라를 맞이하러 가기로 했다. 그녀가 가르쳐준 아파트 앞에서 방 번호를 확인한다. 현관 앞에 서서 스마트폰으로 '도착'이라는 짧은 메시지를 보냈다.

"칸바라… 마음이 변하거나 하지는 않았을까…."

"괜찮겠지. 우리가 함께 있으니까."

그때 현관문이 열렸다.

"당신들, 아침부터 목소리가 너무 크다고요… 주변에 민폐예요…."

금발 소녀가 틈새로 슬쩍 얼굴을 내민다.

"네코 선배… 뭐예요, 그 촌스러운 안경은?"

"어? 아아… 나, 학교에서는 이런 차림이야…."

그러고 보니 수수한 고양이 스타일은 처음으로 보는 건가.

"뭔가 머리카락도 푸석푸석하고…."

"어? 어라…. 이상해…?"

아다시노는 어쩔 줄 몰라 한다. 이런 모습은 또 새로워서 꽤 재미있다. 칸바라는 여전히 말투가 날카롭다. 뭐, 이런 폭군다운 면과 독설이 기운을 북돋아 준다면 그걸로 좋다.

"음…. 뭐, 오래 기다리셨습니다…."

당연하지만 칸바라는 우리와 같은 교복을 입고 있었다. 스튜디오에서는 매번 사복 차림밖에 본 적이 없었기에 감회가 남달랐다.

"너, 정말로 우리 학교였구나."

"왜 제가 거짓말을 할 필요가 있나요…."

칸바라의 가냘픈 체구에 우리 교복은 잘 어울렸다. 스커트에서 쭉 뻗어 나온 다리에 검은 타이츠. 나도 모르게 빤히 쳐다보고 말았다.

"오카미…. 어디 보고 있어…?"

옆에서 아다시노의 안경이 딸깍딸깍 흔들린다.

"벼, 변태!"

칸바라에게 가방으로 두들겨 맞았다.

"억울해! 결코 타이츠 따위 보지 않았다고!"

앗, 위험해. 스스로 무덤을 파고 말았어.

그 후, 학교에 도착하기까지 나는 칸바라와 아다시노 사이에 낀 채 심하게 질책을 당했다. 아, 도저히 살아있는 것 같은 느낌이 들지 않아….

정문에 도착하자, 칸바라의 표정이 어두워지기 시작했다.

여름방학이었던 것도 아닌데 한 달 만에 등교하는 거니까, 이렇게 되는 것도 당연한 걸까.

"무서워?"

"시끄러워요."

"무슨 일이 생기면 우리 반으로 와. 우리 반에도 왕따 당하는 녀석이 두 명 정도 있으니까."

"그거, 분명 당신들 얘기죠…?"

칸바라가 고개를 푹 숙인다. 그리고 어깨에 멘 가방끈을 꽉 쥐었다.

크게 심호흡을 하고 부자연스럽게 크게 발을 내디딘다. 금발 소녀가 밟은 지면에 크게 물보라가 일었다.

"걱정 안 해도 돼요…. 제 문제는 제가 해결할 테니까요…."

"좋아! 그런 마음가짐이야. 스튜디오에서 나한테 쏟아내던 그 욕설을 그대로 반 애들한테도 내뱉으라고. 그렇게 강가에서 서로 주먹질을 주고받고 나면 자연히 해결될 테니까."

"뭔가요. 그 불량청소년 만화 같은 수수께끼 이론은…."

어깨를 움츠리자 칸바라는 총총 먼저 교내로 걸어 들어가버렸다.

"힘내!"

내가 외치자, 칸바라는 살짝 한 번 뒤를 돌아본 후,

"고, 고맙습니다."

귓불을 빨갛게 물들이고 셔츠 깃을 쥔다. 어지간히 부끄러웠던 모양이다. 서둘러 몸을 돌리더니 귀여운 발소리를 내며 달려갔다. 계단으로 향하는 칸바라의 등을 눈으로 배웅하며, 우리도 교실로 향했다.

점심시간이 되었다. 잡담이 시작되자 교실은 이내 소란스러워진다. 칸바라가 반에서 제대로 해내고 있는지 보기 위해 나는 아다시노와 1학년 교실로 향했다. 가는 길에 나는 주머니에서 어떤 물건을 꺼내서 아다시노에게 보여줬다.

"격려 차원에서 이걸 줄까 하는데 말이야."

"와. 푸딩… 칸바라도 분명 기뻐할 거야…"

아다시노는 이렇게 학교에서 말을 걸어주게 됐다. 지금은 오직 나만이 그 대상이지만. 우리 거리도 조금씩 가까워지고 있다. 그렇게 믿고 싶다. 전에는 남장을 하지 않으면 대화도 제대로 되지 않았다. 하지만 지금은 다르다. 이렇게 가까이에 아다시노가 있다.

그 금발 소녀 또한 마찬가지일지 모른다. 스튜디오에서 합주한 후에 우리와 칸바라의 거리도 확 줄어든 것 같다. 서로의 이름, 사는 집은 물론 연주하는 습관까지도 알게 됐다. 서로의 속을 내보이는 것은 무척이나 부끄럽지만 기쁜 일이기도 하다.

왠지 낯간지러운 그런 기분을 억누르고, 나는 그날 받은 간식의 답례를 가지고 왔다. 그렇게 칸바라가 있는 교실에 도착했을 때였다. 문에 달린 창문으로 희미하게 보이는 교실 풍경. 비명과 잡음이 뒤섞인 아비규환에 나는 말을 잃었다.

금발 소녀와 처음 보는 여학생이 서로의 머리카락을 움켜쥔 채 싸우고 있었다.

"무, 무슨 일이지…?"

누군가가 문을 열자, 생생한 대화가 복도로 울려 퍼졌다.

"왜 네가 학교에 오는 건데! 너 때문에 모두 자신에게 무슨 일이 벌어질지도 모른다고 불안해하잖아! 다들 곤란해하고 있어! 얼른 집으로 돌아가!"

"그런 거 전부 우연이야… 내 탓이 아니야! 그러니까 사과 안 해!"

"어? 뭐라고? 너, 사신이잖아! 우리를 죽일 셈이야?"

"죽인다고…? 그럴 리 없잖아!"

"뭐라는 거야. 자신의 아버지도 죽인 주제에!"

그 한마디가 귀에 맴돌았다. 칸바라는 힘이 빠진 듯 상대의 머리카락에서 손을 떼고 거리를 두었다. 그리고 천천히 몇 걸음 뒷걸음질을 치더니.

"칸바라?"

내가 말을 걸었을 때는 이미 달리기 시작했다. 내 어깨를 튕겨 낸 칸바라는 구경꾼들을 밀어젖히고는 계단 쪽으로 사라졌다.

"아다시노는 선생님께 말 좀 해줘…."

"어? 오카미?"

"저 심술꾸러기를 데리고 올게."

말하자마자 나는 칸바라의 뒤를 쫓았다. 지금 난 아무것도 가지고 있지 않다. 지갑도 뭐도 없다. 있는 것은 주머니에 들어 있는 푸딩과 스마트폰 정도. 나는 지금 자신의 어리석음에 구역질이 날

것만 같다. 도대체 얼마나 생각이 없는 녀석인가. 밴드를 만들고 우쭐한 꼴이라니.

사신의 저주는 내가 생각한 것보다 훨씬 강력하고 끈덕진 것이었다. 우연의 산물이 빚어낸 사건들이 모두의 생각에 영향을 미치고 있다. 편견으로 사로잡힌 악의. 이들은 다수의 주장에 편승해 칸바라를 멸시한다.

이렇게 되리라는 걸 예측하지 못한 것은 아니다. 밴드는 어디까지나 밴드일 뿐, 일상은 또 다르다. 저 녀석은 그것을 알고 있음에도 우리의 기대를 따르려고 했다. 하지만 그 기대는 이뤄지지 않았다. 내가 밀어붙인 선의가 칸바라를 나락의 바닥으로 밀어 떨어뜨린 것은 아닐까?

나는 학교를 뛰어나갔다. 비를 맞으며 어디로 가야 할지도 모르는 채 달린다. 칸바라가 어디로 향했는지 전혀 짐작 가는 바가 없었다. 분명 칸바라는 빈 손일 테니 그렇게 멀리는 가지 못했을 것이다. 그런 불확실한 상상만으로 그녀의 뒤를 쫓았다. 아니, 어쩌면 도망치고 싶었던 건 아닐까. 나는 눈을 돌리고 싶었다. 자신이 만들어낸 죄의 무거움에서.

티 없는 소녀가 상처를 입고 자력으로는 빠져나올 수 없을 정도로 깊은 어둠의 나락에 떨어져 간다. 어떻게 하면 구할 수 있을까? 문득 발이 멈춘다. 숨이 차서 더는 달릴 수 없다. 나를 때리는 차가운 비가 피가 몰린 머리를 조금이나마 식혀준다. 양손을 허리에 올리고 나는 물웅덩이의 파문을 가만히 바라본다.

"바보는 나야… 나야말로 진짜 바보였어…"

훌쩍, 하고 코가 소리를 낸다. 어떤 얼굴을 한 채 칸바라를 만나면 좋을까. 내가 별 고민도 없이 학교에 가라고 하지 않았다면, 칸바라가 그런 말도 안 되는 비방 중략을 당하게 될 일도 없었을 텐데….

어느덧 나는 스마트폰으로 손을 뻗고 있었다.

"여보세요."

"오카미 선배. 무슨 일이세요?"

전화 상대는 라이언이다. 칸바라와 사이가 좋았던 이 녀석이라면 무언가 단서를 알고 있을지도 모른다.

"나, 저지르고 말았어. 칸바라를 상처 입혔어."

"진정하세요. 무슨 일이 있었던 건가요?"

"내가 무책임하게 학교로 데려간 탓에 그 녀석이 반 친구들에게 심한 말을 듣게 됐어…."

"오카미 선배. 일단 진정하세요."

"나… 바보 맞지…? 왜 몰랐을까…. 그 녀석이 처한 상황도 전혀 모르면서 왜 이렇게 단순하게 생각한 걸까…."

눈물방울이 물웅덩이로 떨어진다. 입에서는 부정적인 말밖에 나오지 않는다. 지금 나는 정말로 보기 흉한 얼굴을 하고 있으리라.

"코토리가 어디로 갔는지 모르세요?"

"응. 어디로 가버린 걸까…."

"짐작 가는 데가 있어요."

"정말…?"

"저는 지금 그곳으로 갈 수 없어요. 그러니까 제가 믿는 선배에게 맡길게요."

"그럼 알려줘! 칸바라는 어디로 간 거야!"

나는 라이언으로부터 전해 들은 장소로 다시금 달리기 시작했다.

※

큰길에서 벗어나 인적이 드문 골목길로 들어서자, 가파른 비탈길이 나타났다. 겨우겨우 올라섰다. 한 바퀴를 빙 둘러봐도 그 어떤 인기척도 느껴지지 않았다. 궂은 날씨 탓일 수도 있다.

주택가의 기묘한 정적은 내 마음을 술렁이게 했다. 이곳은 칸바라의 불행이 시작된 장소. 말하자면 사신이 태어난 곳이다. 내가 그 T자 길에서 오른쪽으로 방향을 돌리자 전봇대 앞에 웅크리고 있는 트윈테일이 눈에 들어왔다. 흠뻑 젖은 연약한 뒷모습이 그녀가 입은 데미지가 그만큼 크다는 것을 말해준다.

"칸바라…?"

말을 걸어도 칸바라는 대답하지 않는다. 그리고 전봇대 밑에 누군가 놓은 꽃다발이 눈에 들어왔다. 빗소리만이 천연덕스럽게 소녀의 비애를 더 극적으로 보이게 하고 있었다. 라이언이 가르쳐 주었다. 이곳은 칸바라의 아버지가 사고로 죽은 곳이라고. 오늘 아침 마중을 하러 갔던 칸바라의 집에서 가까운 곳이었다. 역으로 향하는 사이에 있는 길.

"미안… 나 때문에…"

칸바라는 아무 대답도 하지 않고 가만히 내 독백을 듣고 있다.

"네가 상처를 많이 받아왔던 것, 알면서도…. 왜 그걸 무시한 건지 내 무신경함에 질려버렸어…."

잠시 침묵이 이어진다. 본래 칸바라에게 달려와야 했던 것은 내가 아니라 이 녀석의 과거를 아는 라이언이었으리라. 하지만 라이언은 나에게 맡긴다고 말했다. 내가 그 역할로 선택받은 이유를 생각해내려고 필사적으로 애썼다.

"이 장소, 누구한테 들은 건가요…?"

겨우 칸바라가 입을 열었다.

"라이언이야."

"뭐, 그렇겠죠…."

칸바라는 이쪽으로 등을 향한 채 몸을 일으킨다. 나는 그 작은 등을 향해 말을 건다.

"칸바라, 저기."

말을 채 다 하기 전에, 칸바라의 목소리가 겹친다.

"역시 할 수 없었어요…."

말이 이어지지 않는다. 내리는 빗소리가 반주처럼 아스팔트를 울린다. 그건 마치 죽은 칸바라의 아버지를 향한 진혼곡 같았다. 나는 칸바라에게 건네야 할 말을 찾을 수가 없었다.

"잘 풀리지 않을까 생각했는데…. 저야말로 너무 물렀어요…. 선배, 저 말이죠. 어디를 가더라도 사신이에요."

그런 서글픈 자기소개는 듣고 싶지 않았다. 칸바라가 차갑게 식은 어깨를 떤다. 오열이 빗소리보다 크게 울려 퍼지기까지 그렇게 오랜 시간이 걸리지 않았다.

"흐흑… 왜죠…? 저는 아무것도 잘못하지 않았어요…. 그런데 왜 모두 제 앞에서 사라져가는 거죠…? 아버지도 분명 사신이 데려간 거예요."

바보 같은 이야기다. 사람의 모든 불행에 하나하나 이유를 붙인다는 것은.

사신. 그런 녀석이 정말로 있다면 눈앞으로 데리고 오길 바란다. 나는 그 녀석을 있는 힘껏 때리고 칸바라에게 사과하도록 요구할 테니까. 칸바라는 이렇게 작은 몸으로 얼마나 큰 아픔을 품고 있는 것일까. 아버지를 잃은 괴로움을 동정받기는커녕, 네 탓이라며 규탄받아 왔다. 얼마나 분했을까. 얼마나 슬펐을까. 아픈 과거와 어떻게 마주하면 좋을지 자신도 알지 못하는 것이리라.

"그만두려면 지금이에요."

서글픈 듯 웃는 칸바라의 눈은 스튜디오에서 만났을 무렵처럼 탁한 색을 띠고 있었다.

이 눈이다. 나는 그때, 이 눈에 희망을 밝혀주고 싶다고 생각했다. 그래서 밴드로 초대한 것이다. 같이 만들어내는 소리의 열량으로 복잡하게 꼬인 과거의 고통을 뿌리부터 끊어내주리라 작정했었는데 해결은커녕, 상처에 소금을 뿌린 격이다.

그뿐 아니라 뻔뻔하게 쫓아온 주제에 격려의 말조차 던지지 못하고 있다. 나는 여기 무엇 때문에 온 거지? 용기만으로 세상이 변할 리는 없다. 만약 그렇다면 나는 그 문화제가 열린 날에 운명이 바뀌었을 것이다. 현실은 문화제의 악몽이 리얼타임으로 나를 침식하고 있으니.

"얼마 되지 않아서 분명, 선배들도 저한테서 멀어질 거예요…. 저는 사신이니까 저와 함께 있으면 선배들도 불행해질 테니까요…."

"그렇게 되지 않을 거야."

"어떻게 그렇게 단언할 수 있나요!"

아플 정도로 떨리는 칸바라의 절규. 그녀의 고뇌가 담긴 칼끝이 내 마음에 상처를 입혔다. 내가 말할 수 있는 것은 칸바라의 상처와 비교할 때 너무나도 스케일이 작은 불행 고백일 뿐이다. 하지만 너와 나란히 서기 위해 전부 고백하고자 마음먹었다. 내 상처를, 있는 그대로.

"나는 목소리가 이래서 지금까지 이런저런 놈들에게 바보 취급을 당했어."

아, 그랬다. 나는 바로 얼마 전까지 이 목소리를 내지 않고 살았다.

"저는 그 목소리, 싫지 않은데요…."

"고마워. 그래도 너 같은 사람만 있는 게 아니니까. 나 말이야. 작년 문화제에서 라이브를 했거든…. 거기에서 엄청난 창피를 당했어…. 한 명, 또 한 명, 자리를 떴어…. 엄청난 트라우마야. 마지막에 남은 몇 명조차도 나한테 관심 따위 없었고…."

과거를 떠올리며 자조한다.

"아다시노 또한 평소에는 그런 모습이니까 바케네코 같은 별명으로 불리며 놀림받고 있어. 안경을 벗으면 귀여운데 말이야. 사람 앞에 나서질 못한대. 그래서 남장을 하지 않으면 제대로 말도 못하고…."

말을 계속하는 사이에 스스로도 무슨 말을 하고 싶은 건지 알
수 없게 됐다.

"그렇게까지 해서 왜 우리는 음악을 계속하고 싶은 걸까."

문득 하늘을 올려다본다. 비구름에서 물방울이 별똥별처럼 쏟
아져 내린다. 자조적인 말이 얼마든지 배어 나올 것만 같아서 견
딜 수가 없다.

"분명 우리는 구하고 싶었던 거야."

말을 하는 도중에 내가 무슨 말을 하려는지 이해하게 됐다. 왜
내가 그날 그 스테이지에 올라선 것인지.

"나는, 나 같은 녀석에게 구원받고 싶었어."

분명 이 목소리가 가닿을 곳을 찾고 있었던 것이다. 나는 나를
향해 노래하고 있었다. 과거의 자신. 지금의 자신. 구원받지 못하
는 자신을 구하고 싶었다. 그리고 잘 풀린다면 내가 아닌 다른 사
람까지 전부 구하고 싶었다. 내가 아다시노의 연주로 구원받은 것
처럼. 내 음악으로 누군가를 구하고 싶은 것이다. 칸바라에게 닿
은 그 곡이 내 마음속 깊은 곳에 계속해서 존재하리라.

"나는 누군가의 히어로가 되고 싶어."

칸바라가 고개를 숙인다.

"나이도 먹을 만큼 먹어서, 바보 같지 않나요… 부끄럽지도 않
나요?"

"그게 신기하게도 부끄럽지가 않네."

칸바라가 깨닫게 해주었다. 내가 노래를 부르는 의미를. 누군가

를 구하는 히어로가 되고 싶었던 것이다.

"나는 칸바라와 같이 밴드를 하고 싶어."

또 노래하는 걸 잃어버린 코토리가 다시 한번 노래하기를 바란다. 내가 이 녀석에게 해줄 수 있는 것이라곤 뻔하다. 나는 칸바라가 자신의 반에서 인정받는 존재가 되게 해줄 수는 없다. 하지만 견뎌내며 끝내 칸바라가 강해지길 바란다.

"나는 칸바라가 앞을 향해 걸어갈 수 있도록 노래할 거야! 주변 녀석들에게 그 아무리 험한 말을 듣더라도 우리만은 너를 위해 푸딩을 가져다줄 테니까!"

칸바라가 우리에게 주었던 우정의 증거를.

"나는 너와 함께 연주했던 그 소리를 잊을 수 없다고!"

나는 주머니에서 준비해 두었던 선물을 꺼내 든다.

"우리가 왜 비주얼계를 하려는지 알아? 자신을 바꿔보려고 하는 거야. 자기 자신에게 자신감 따위 없으니까 다른 사람인 양 행세하면서 과거와 타협을 짓고 새로운 자신으로 다시 태어나려는 거지."

칸바라가 푸딩을 받아 들었다.

"저도… 남장을 하면, 네코 선배처럼 멋있게 다시 태어날 수 있을까요?"

"응. 그렇게 될 거야. 분명 어울릴 거야…."

말을 채 마치기 전에, 칸바라가 내 가슴으로 뛰어들었다.

"어이…."

"푸딩 고마워요…. 그리고 오늘 일은 꼭 잊어주세요…."

그렇게 못을 박더니, 칸바라는 내 가슴에 얼굴을 파묻고 아기처럼 계속 울어댔다.

※

칸바라 사건은 곧장 교직원의 귀에 들어갔고, 다음 날에는 전교생이 모인 자리에서 공식적으로 거론되었다. 단지 그것만으로 왕따가 잠잠해질 리 없었다. 하지만 어느 정도 억제하는 효과는 있을 것이다. 그렇다고 해서 앞으로의 미래가 절대 밝지만은 않다. 음험한 험담을 잔뜩 듣게 되리라. 기이한 주목을 계속 받게 되리라. 그런데도 칸바라는 더는 도망치려 들지 않았다. 사신은 다시 태어났으니까. 불행의 연쇄를 끊어내고자 몸을 일으켰으니까.

그리고 우리는 결의 표명을 시도한다.

"유메사키 선생님."

복도를 걷는 선생님을 붙잡았다.

"오, 오카미. 무슨 일이야?"

말하면서 돌아보더니 선생님은 입 끝을 올렸다.

"어서 와, 칸바라."

부끄러운 듯 칸바라가 답한다.

"딱히… 선생님을 위해 온 건 아니니까요…."

"아, 뭐, 그건 알고 있어."

나는 선생님에게 약속했던 것을 건넸다.

"그래. 겨우 멤버를 전부 갖췄구나."

아다시노와 만난 그날, 선생님에게 받아든 문화제 라이브 신청서다.

"한 명, 다른 학교 학생이 섞여 있긴 한데요…"

아다시노와 칸바라. 그리고 라이언. 나는 최고의 멤버를 겨우 만나게 되었다. 어떻게든 이 멤버로 연주하고 싶다.

"상관없어. 시험 점수는 무리지만, 이 정도를 눈감아주는 건 나도 할 수 있으니까."

선생님은 장난기를 담아 윙크했다.

"고맙습니다."

내가 승리 포즈를 짓자, 다른 두 명도 환호를 올린다.

문화제는 작년과 마찬가지로 9월에 열린다. 느닷없이 1년 전 가을의 기억이 되살아났다. 잊고 싶은 광경이 머릿속에 떠올라 다리가 위축됐다. 하지만 분명 괜찮을 거다. 그때와는 다르다. 이 녀석들과 스튜디오에서 폭음을 연주하며 분명 깨달은 바가 있었다. 이 네 명이라면 그날의 상처를 뛰어넘을 수 있으리라는 사실을.

자, 배우는 모두 모였다. 이번에야말로 그 스테이지 위에 남겨진 내 망령을 구하러 갈 시간이다!

상냥한 비극

즐거운 시간은 순식간에 지나간다. 마음이 맞는 사람들과 밴드를 짜면 이렇게나 시간이 빠르게 흐르는 것인가. 연습은 뒷전으로, 잡담과 웃음만으로 끝나는 날도 있을 정도다. 뭐, 정확히는 나와 칸바라의 말싸움이라고 해야 되겠지만. 물론, 진지하게 연습도 하고 있으니까 안심해도 좋다.

자, 달력도 7월을 가리킨다. 맞다, 어느샌가 여름방학에 돌입한 채였다. 이렇게 충실하게 여름방학을 보내는 것은 정말 태어나서 처음이다. 이 기세로 얼른 오리지널 곡을 완성시키고 싶다. 그것이 리더가 제안한 길거리 라이브 출연 조건이니까.

오늘은 칸바라의 집에 모여서 곡을 만드는 모임을 하기로 했다. 어머니가 외출하는 날에는 이렇게 집에서 만나고 있다. 칸바라에게 들은 바에 따르면 그녀는 어머니와 둘이 살고 있고, 스튜디오의 아르바이트비도 거의 전부 가계에 보태고 있다고 한다. 갸륵한 마음 씀씀이다. 칸바라 또한 나와 비슷한 나이대의 여자아이다. 사고 싶은 것이 한두 개쯤 있다고 해도 이상하지 않을 텐데 존경스러울 뿐이다.

방은 침실과 거실 두 개뿐. 둘 다 다다미방으로, 그 다다미 냄새에 마음이 풀린다. 초원에 대자로 누워 있는 기분이다.

우리는 거실의 원탁을 둘러싸고 떠들썩하게 대화를 나누는 중이다. 칸바라는 회색 파카와 데님 쇼트 팬츠를 걸쳐 조금 보이시한 인상이라면 아다시노는 하얀 바탕에 꽃무늬의 자수가 들어간 소녀다운 원피스 차림이라 유독 더 여성스러워 보였다.

"뭐, 뭘 그렇게 빤히 보는 거야…? 역시 이상해…?"

이상할 리 없잖아. 너무 어울려서 반해버린 것뿐이라고….

그때 칸바라가 갑자기 쾅, 하고 주먹으로 테이블을 두드렸다. 그 탓에 컵에서 물이 조금 흘러넘쳤다.

"남의 집에서 도대체 뭐 하는 거예요. 그렇게 사랑을 나누고 싶다면 어디 딴 데 가서 하라고요."

냉담한 목소리였다.

"미, 미안…"

반사적으로 사과하고 말았다.

"그런데, 라이언은 오늘도 바쁜 거야?"

그 괴짜는 최근 거의 만나볼 수 없었다. 스튜디오 연습에는 가끔 함께해 주지만.

"바쁜 거 같아요. 라이브가 정해지면 억지로라도 일정을 맞추겠다고 하긴 했는데."

"그래. 뭔지 잘 모르겠지만, 그 녀석도 고생이네."

칸바라와 라이언은 점차 관계를 회복해나가는 듯했다. 최근엔 칸바라의 입에서 그 녀석에 대한 화제도 조금씩 튀어나온다. 긍정적인 일이다. 이렇게 시간을 들여서 천천히 우리는 밴드가 되어가는 중이다.

"자, 그럼 오늘의 본론으로 들어가볼까. 오리지널 곡을 준비하지 않으면 안 된다는 이야기."

곡은 이미 완성되어 있고, 대략적인 어레인지도 구상하고는 있는데.

"음, 네코 선배의 곡으로 가는 거 맞죠?"

"뭐야, 갑자기. 반대하는 거야?"

"아니요. 반대하겠다는 생각은 없어요. 저도 들어봤지만 좋은 곡이었으니까요."

칸바라에게 칭찬받고, 아다시노가 부끄러운 듯 몸부림친다. 아, 안 돼. 이 아이 정말로 귀여워.

"제가 말하고 싶은 건, 누가 그 곡에 가사를 붙이느냐 하는 거예요."

"흠. 가사 말이지…."

사실 작사는 보컬이 하는 경우가 많다.

"이런 건 노래를 하는 당사자가 말을 빚어내는 것이 설득력이 있고 감정 이입하기도 좋으니까 선배가 쓰는 게 좋겠죠. 그래도 걱정이에요. 원숭이에게 언어를 제대로 다룰 수 있는 능력이 있는지 어떤지… 선배, 애초에 읽기 쓰기는 할 수 있나요?"

"너는 나를 유인원이라고 생각하는 거야?"

"뭐, 선배의 저질스러운 대사를 보면 틀림없으니까요. 썩은 내가 나서 웃음이 절로 나온다니까요."

"뚫린 입이라고 막 떠들어 대는구나…. 그런 말을 들으면 있던 자신감도 없어진다고…."

내가 그렇게 저질스러운 말을 하고 있어? 응? 진짜로?

"그렇긴 해도 네 말대로 내가 써야겠지. 열심히 해볼게."

애석하게도 작사 따위 처음이라 펜은 쥐어보았지만 좀처럼 확 떠오르는 것이 없었다. 아무리 책상과 눈싸움을 해봐도 좋은 프레이즈는 떠오르지 않았다. 오히려 신경 쓰이는 건 전혀 대화에 참여하지 않는 녀석이 있다는 거다. 오늘의 아다시노는 남장도 하지 않았을뿐더러, 뱅글뱅글 안경도 끼지 않았다. 여전히 남장을 하지 않으면 제대로 대화를 할 수 없는 건 마찬가지였다.

"저기, 아다시노는 밴드 모임이 없는 날에는 뭐 해?"

그녀를 배려하며 말을 걸어 본다.

"나…? 음, 그러니까 유튜브를 보거나 해… 비주얼계 곡을 찾아다녀…."

"아, 눈물이 앞을 가리네."

그거, 친구가 없는 녀석의 일과잖아. 뭐, 나도 같은 부류이기는 하지만.

"카, 칸바라는…? 쉬, 쉬는 날에 뭐 해…?"

꽤 딱딱한 질문이지만 아다시노로서는 힘을 낸 것이겠지.

"흐음. 쉬는 날요? 쌓인 집안일을 하거나 해요."

"집안일?"

아다시노가 큰 목소리를 내며 놀랐다.

"깜짝이야…. 갑자기 뭘 그리 큰 목소리를 내는 거예요! 우리 집은 어머니가 늦게까지 일하니까 집안일은 제가 하거든요."

"그럼 요리 같은 것도 할 수 있어? 맨날 푸딩만 먹잖아."

별다른 생각 없이 던진 내 질문에 칸바라는 볼을 부풀리더니 이번에는 다다미를 내리쳤다. 도깨비 형상으로 나를 노려보는 그녀의 입에서는 "히잇" 하고 가냘픈 소리가 새어 나온다.

"그렇게 나왔다 이거죠… 알겠어요. 잠깐만 기다리세요. 조금 시간을 주면 오카미 선배를 제가 만든 요리로 곧장 함락시켜 줄 테니까요."

"왜 화를 내는 거야…?"

"아니, 딱히 화 안 내고 있는데요? 아주 조금도, 눈곱만큼도 요."

분명 화내고 있잖아… 이 녀석, 프라이드 높으니까… 바보 취급을 받았다는 생각에 오기를 부리고 있는 거겠지.

칸바라가 점심밥을 준비하러 간 사이, 딱히 할 일도 없어진 우리는 그다지 대화도 진전되지 않아서 가만히 시간을 보냈다. 아다시노도 다리를 풀고, 가지고 온 일렉트릭 기타를 둥둥 퉁겨댔다. 새삼 바라보니, 미소녀가 기타를 들고 있는 그림도 의외로 그럴싸하다. 이렇게 귀여운 외모로 태어났는데 이렇게 소심한 성격이라니. 아까워, 보물을 손에 들고 썩히는 셈이야.

"남장 비주얼계라는 것도 나쁘지 않지만, 칸바라와 둘이서 걸스 밴드를 만들거나 하는 건 어때?"

뚝, 하고 기타 소리가 멈춘다.

"어? 갑자기 무슨 말이야?"

"아니, 문득 떠오른 것뿐이야."

귀여우니까 인기 있을 것 같아서. 그런 말 도저히 입으로 말할 수 없으니까.

"걸스 밴드…라니. 그런 거 절대 못 해!"

아하하, 하고 얼굴을 붉히고 양손을 이리저리 휘젓는다. 리액션이 하나하나 귀엽다니까. 역시 아다시노에게 있어서는 파란 머리 가발이 사람 앞에 서기 위한 부적인 것이다. 자신의 민얼굴을 드러내는 것에도 조금씩 저항은 줄어드는 것 같긴 하지만, 그건 어디까지나 스스럼없어진 우리 앞이니까 가능한 거겠지. 그 증거로 학교에서는 아직껏 안경을 벗지 못하고 있다.

이래저래 시간을 보내다 보니 향기로운 냄새가 콧구멍 안쪽으로 스며들었다. 김이 나는 접시를 양손에 품고, 칸바라가 득의양양한 표정으로 입가를 들어 올린다.

"후훗, 오래 기다렸죠? 집에 굴러다니던 것으로 만든 것치고는 자신 있는 작품이에요."

테이블에 요리가 올려진다.

"이 냄새…. 오므라이스네?"

"싫어하세요?"

"아니, 좋아해."

침이 멈추지 않는다… 반숙의 푹신하고 걸쭉한 계란에 치킨라이스가 제대로 감싸져 있다. 이렇게 완벽한 형태의 계란, 가게에서밖에 본 적이 없다고.

"프로가 만들어낸 것이라고밖에 생각할 수 없는 수준이네…. 마치 양식 전문점에 온 것 같아."

나는 감탄의 목소리를 높인다.

"아니, 잠깐만 기다려 봐!"

오므라이스에 케첩으로 쓰인 글자가 명백하게 이상하다.

"왜 아다시노의 오므라이스에는 귀여운 하트 마크가 그려져 있는데, 내 앞에 놓인 이 녀석에는 'DEATH'라고 적혀 있는 거지?"

"어라? 'KILL' 쪽이 좋았나요?"

"어느 쪽이든 마찬가지잖아! 이런 로큰롤 같은 오므라이스, 본 적 없다고!"

이건 심술이다! 단호히 항의한다! 그때 갑자기 칸바라가 옆으로 바짝 다가섰다.

"그래도, 선배 것은 조금 양을 많이 넣었으니까요!"

그렇게 귓속말을 하더니 장난기 섞인 듯 윙크를 보였다.

"오, 오오… 그건, 고맙네…"

뭐야, 이렇게 병 주고 약 주는 수법… 불의의 습격을 받아서 심장에 좋지 않다고…

"오카미… 싫으면 내 거랑… 바꿀래…?"

이번에는 아다시노가 말을 건다. 자신의 그릇을 살짝 이쪽으로 민다.

"오, 오오… 고마워."

귀여움에 넘어가 거절하지 않고 교환하기로 했다.

"뭔가 너희, 더해서 둘로 나누면 완벽할 거 같은데…"

"무슨 뜻…?"

"무슨 의미인가요?"

둘은 동시에 몸을 앞으로 기울이더니 격하게 외친다. 핏발이 선

눈이 무섭다.

아아, 무서워… 둘 다 농담이 통하지 않네.

"당신, 진짜로 최악이네요. 어이, 바둑아. 감자 샐러드도 있다고."

"누가 바둑이야!"

왜 갑자기 강아지 취급이야! 나와 같이 감자 샐러드를 받아든 아다시노는 눈물이 그렁그렁한 눈으로 그릇을 노려보면서 볼을 부풀리며 주눅 들어 있다.

"이…, 이게 보통의 여자… 우으…, 칸바라… 만만치 않아…."

부루퉁한 모습이 어린아이 같아서 사랑스럽다. 아다시노의 귀여움은 그야말로 살상 병기다.

"그건 그렇고, 보기만 해도 맛있다는 걸 알겠어. 정말 요리가 특기구나."

이건 솔직한 감상이었다. 모처럼 만들어준 것이니까 칸바라를 솔직히 칭찬해줘야지. 칸바라는 콧방귀를 뀌며 작은 가슴을 불손하게 내밀었다.

"그거야 뭐, 벌써 주부 경력 10년 이상이니까요. 이런 간단한 거라 미안하지만."

"아니, 이걸로 충분해. 고마워."

그러자 칸바라는 집게손가락을 입술에 대고 교태를 부리는 시선을 이쪽으로 향하더니 속삭였다.

"드셔봐…주실래요…?"

간드러진 목소리. 새겨지는 숨결이 요염해서 나는 당황했다.

"이, 이상한 짓 하지 말아줄래? 너는 그런 캐릭터가 아니잖아!"

"아니면 선배는…, 저를 드시고 싶은 건가요…?"

넙죽 엎드린 자세로 이쪽으로 다가오는 칸바라가 꽉, 하고 내 파카의 옷깃을 강하게 당긴다.

"농담은 그만둬!"

작은 사이즈이긴 해도, 봐서는 안 될 것이 보일 것 같아서 나도 모르게 눈길을 돌린다.

"카, 칸바라? 그건, 바, 반칙이라고?"

아다시노가 비난의 목소리를 높인다.

"네코 선배는 신경 쓰지 마세요. 지금은 선배와 제가 즐기는 중 이니까요."

심술꾸러기 악마 같은 미소를 띤 채, 칸바라가 아다시노의 말 을 받아 넘긴다.

우으으, 하고 신음하며 아다시노는 내 얼굴을 노려본다.

"오카미!"

"넵!?"

아다시노가 복잡한 얼굴로 나를 바라본다.

"입 좀 벌려 봐!"

"어? 입은 갑자기 왜?"

"아무래도 좋으니까!"

"아, 으응…."

아다시노의 말대로 나는 입을 벌린다.

"아, 앙…."

오므라이스를 숟가락으로 떠서는 아다시노가 내 입으로 배달

해준다. 입안 가득 케첩의 달콤함과 계란의 부드러운 감촉이 퍼졌다. 맛있어… 이렇게 맛있으면 언제까지고 계속해서 먹을 수 있을 것 같다.

"마, 맛있어…?"

숟가락을 이쪽으로 향한 채, 고개만을 돌린다. 부끄러움을 감추기 힘들어 보이는 아다시노의 모습에 심장이 두근거리기 시작한다.

"으, 으응… 맛있… 으악?"

말하게 가만두지 않을 것이라고 말하는 것처럼, 칸바라가 내 입안에 무리하게 숟가락을 집어넣었다.

"어, 어아은어야?"

"네코 선배의 '아앙'은 좋고, 제 '아앙'은 싫다는 건가요?"

이마에 핏대를 세우면서 칸바라가 내 입안에 연이어 숟가락을 집어넣는다.

"으이이? 으이익?"

자, 잠깐만. 이빨에 금속이 딱딱 부딪혀서 아프다니까!

"애초에 이거 제가 만든 오므라이스거든요? 그런데 왜 다른 여자한테 아앙을 받는 건가요? 이 분별없는 변태 강아지가! 완전히 발정기가 온 거죠? 거세하는 게 좋겠네요!"

그건 아다시노의 급습이었지, 내 탓이 아닌 거 같은데?

"따, 딱히 이건 자연스러운 거… 칸바라가 여성스러움으로 승부한다면 나도…"

"호오… 남장을 안 하면 다른 사람 앞에서 말도 못 하는 사람이 여성스러움을 논하는 건가요?"

낮게 으르렁거리며 칸바라가 몸을 일으킨다. 숟가락을 테이블에 내팽개치더니 감자 샐러드가 들어 있는 접시를 들어 올렸다.

"칸바라… 어, 어쩔 셈이야…?"

칸바라는 접시를 뒤집더니 다른 한 손바닥 위에 그대로 감자 샐러드를 올렸다.

"자, 바둑아. 먹으렴!"

"나, 계속 강아지 설정인 거야?"

뭐야, 이 시추에이션은? 성격 드센 미소녀의 손바닥 위에 올려진 감자 샐러드. 그것을 먹으라는 거야?

"착하지~ 먹고 싶지? 젓가락 없이 강아지처럼 덥석 깨물어도 좋아~!"

이 아이는 모멸마저 느껴지는 시선으로 나를 도발한다.

"덥, 덥석 깨물면 되는 거야…?"

덥석 깨물다. 그 얼마나 매혹적인 말인가. 꿀꺽 침이 넘어간다.

"오카미?"

경멸이 담긴 눈을 적시며 아다시노가 나를 책망한다.

"그, 그래. 냉정해야지."

"제가 만든 감자 샐러드… 마음에 안 드나요?"

칸바라가 코를 훌쩍이더니 나를 흘끔 쳐다본다. 명백히 거짓 울음이라는 걸 알고 있지만, 모처럼 만들어준 건데… 에이, 나도 모르겠다!

"우으…. 알았다고! 참나! 먹으면 되잖아!"

나는 칸바라의 손에 올려진 감자 샐러드를 기세 좋게 깨물었다! 칸바라의 손바닥에 내 입술이 닿는다.

"꺄아…."

칸바라의 몸이 흔들린다. 바람을 맞아 힘없이 흔들리는 촛불처럼. 귓가까지 새빨갛게 물들고, 꽉 깨문 입술이 떨린다. 뭔가 엄청나게 해서는 안 되는 일을 저지르고 있는 것만 같다….

"맛있어요…? 조금 더… 손바닥에 남아 있는 마요네즈를 할짝할짝해도 되는데요?"

"할 리 없잖아!"

아무리 그래도 그건 윤리적으로 자제해야지!

"오카미, 그럴 줄 몰랐어! 자, 그럼 내 것도!"

아다시노가 감자 샐러드를 손으로 집어 들고,

"우윽!"

그대로 맨손으로 내 입에 쑤셔 넣는다.

"오카미, 맛있어?"

이렇게 억지로 입안에 넣었는데 맛을 어떻게 알아!

"정말 우리 바둑이는 여자에게 사료를 받아먹는 걸 좋아하는 변태 강아지군요."

너희가 억지로 시킨 거잖아? 아니, 애초에 바둑이가 아니라고!

"어때, 맛있어?"

"맛있어요?"

너희 말이야…. 밥 정도는 얌전하게 먹자고….

※

    점심을 먹고 나서 나와 아다시노는 설거지를 자청했다. 둘이서 일을 분담한다. 우선 내가 식기를 씻고, 아다시노는 씻은 식기를 행주로 닦기로 했다. 칸바라가 요리를 만들어 줬으니까 이 정도는 하지 않으면 안 된다. 아니 근데, 아까부터 아다시노가 한마디도 하지 않아서 조금 마음이 불편한데….

"아다시노…?"

불만에 가득 찬 표정으로 내 말을 무시한다.

"그거, 이미 깨끗이 닦인 거 같은데…."

같은 접시를 몇 번 닦아야 성질이 풀릴 건지….

"나는 오카미에게 환멸을 느꼈어…. 그렇게 변태였다니, 실망이야…."

"그러니까 그건 그렇게 할 수밖에…."

아니, 어땠을까. 정말로 그렇게 할 수밖에 없었을까?

헛된 자문자답이 이어진다. 칸바라의 손 위에 올려진 감자 샐러드를 먹어야 했을까, 먹어서는 안 됐을까. 수행승이라도 답할 수 없으리라.

"그럼…. 오카미는 내가 손에 감자 샐러드를 올려도 그렇게 강아지처럼 우걱우걱 먹을 거야…?"

"그, 그건…."

나도 모르게 상상해버렸다…. 그거야 물론, 우걱우걱 먹겠죠….

"역시 오카미는… 내 손으로는 만족할 수 없는 거구나…. 칸바라의 손맛밖에 관심이 없는 바둑이구나…. 바보! 바보바보!"

아다시노는 통통 한 손으로 내 어깨를 두드린다. 전혀 아프지 않다고. 애초에 손의 맛 따위 맛보지 않았어. 도대체 내가 얼마나 손에 흥미가 있다고 생각하는 거야.

"하아…. 어떻게 하면 마음을 풀어줄 거야…."

나도 모르게 흘러나온 내 본심을 듣고, 아다시노가 중얼거린다.

"추억…. 추, 추억이 필요해! 여름의 추억…."

"흐음. 여름의 추억 말이지…."

그런 말을 듣더라도 나는 리얼충이 아니니까 좋은 생각이 확 떠오르지 않는다.

"아다시노는 여름에 걸맞은 무언가를 하고 싶은 거야?"

"따, 딱히 나는 그저… 오카미와의 추억이 필요한 것뿐…."

그런 말을 들었으니 뭔가 생각해보지 않으면 안 되겠네. 평소의 감사하는 마음도 담아서.

"그러고 보니, 오봉 연휴에 근처 강가 부지에서 축제가 있었던 것 같은데."

"응…."

어렸을 때 부모님과 갔던 기억이 있다. 전혀 즐겁지 않았지만…. 사람이 많은 곳은 거북하고 말이야.

"그럼, 거기 가볼래?"

"괜찮겠어…? 사람 많은 곳, 싫어하는 거 아니었어…?"

"그건 너도 마찬가지 아니야?"

"뭐, 그건 그렇지만…."

"가기 싫은 거야?"

"아니, 가고 싶어…."

"그래. 그럼, 같이 가자."

겨우 아다시노에게 미소가 되살아났다.

"응!"

"좋아! 그럼, 칸바라와 라이언의 일정도 확인해야겠네."

그렇게 말하자 아다시노는 얼빠진 얼굴을 하더니 툭, 하고 접시를 떨어뜨렸다.

"아! 위험해! 깨질 뻔했잖아!"

접시는 지면에 부딪히기 직전에 어떻게든 내가 잡았다. 아다시노는 크게 입을 벌린 채 멍하니 서 있다. 뭔가 이해가 되지 않는 리액션인데. 아, 분명 기뻐하는 거겠지?

"아아, 정말 분위기 파악 못 하는 바보네요."

행주로 테이블을 닦던 칸바라가 시건방진 말투로 끼어든다.

"뭐, 뭐야. 훔쳐 듣고 있던 거야?"

"그렇게 큰 목소리로 대화하면 당연히 들리죠. 우리 집은 쥐콩만 하니까요."

"응? 넌 여름 축제에 안 가고 싶어?"

"가고 싶지 않다고는 안 했는데요? 그런 이야기가 아니라…."

하아… 하고, 칸바라는 힘이 빠진 듯 탄식했다.

"아까는 그저 갑자기 열 받아서 조금 놀려줬지만, 전 딱히 둘이 다녀와도 상관없어요."

"그런 말 하지 마. 나는 칸바라하고도 같이 놀고 싶다고."

"에?"

신음하며 칸바라는 얼굴을 붉혔다. 그리고 전력으로 행주를 내 얼굴로 던졌다.

"어이, 뭐 하는 거야?"

"저한테 그런 간살부리는 말을 던질 시간이 있으면 말이죠!"

그대로 귀를 붙잡혀 거실로 끌려간다.

"아프다고! 뭘 그리 화를 내는 거야, 아까부터!"

칸바라가 귓속말을 한다.

"잘 들으세요. 축제 당일에는 제대로 칭찬해주라고요!"

"칭찬하다니, 뭐를?"

"선배, 둔감한 것에도 정도가 있지! 감정도 없는 안드로이드인 거 아니에요?"

"그럴 리 없잖아. 희로애락 전부 너한테 쏟아내볼까?"

"네코 선배가 전에 한탄했다고요. 지금까지 단 한 번도 복장을 칭찬받은 적이 없다고."

"어? 저 녀석, 그런 것까지 너한테 말한다고?"

그러고 보니 스튜디오에 갈 때도 몇 번이고 아다시노의 사복 차림을 보고 즐거워했었지만, 잘 어울린다는 말은 한 적이 없었던 것 같다….

"알겠어요? 제대로 칭찬의 말을 준비하라고요!"

칸바라는 거리를 떼고 나에게 거듭 확인한 후 다시 곧장 집안 일로 되돌아갔다.

"칭찬의 말이라니…."

공교롭게도 나는 여자의 옷을 자연스럽게 칭찬하는 스킬 따위 가지고 있지 않다고….

※

축제라니, 몇 년 만에 가는 걸까. 분명 어렸을 때 부모님과 온 적은 있지만, 포장마차에서 파는 음식을 사주지 않아서 엉엉 울었던 기억밖에 없다.

라이언 녀석은 참가하지 않았다. 여전히 공사다망한 듯하다. 그 녀석은 수수께끼가 많은 녀석이다. 고등학생인 주제에 뭐 그리 바쁜 건지.

나는 다른 사람들처럼 청춘인지 뭔지 하는 것을 경험하지 않고 살아왔다. 친구와 솜사탕을 나눠 먹거나 여자친구와 불꽃놀이를 보는 것도 내게는 동화 같은 이야기와 다름없었다. 그런 리얼충 이벤트 따위 내 인생에는 일어날 리 없었다. 그러니 지금 내가 보고 있는 광경은 좀처럼 믿기 어려웠다.

"오래 기다렸어요?"

칸바라 집의 현관문을 열자 멋진 경치가 눈으로 날아들어 왔다.

"오, 오오….."

상상을 훨씬 뛰어넘는 두 명의 모습에 생각이 제대로 정리되지 않는다. 칸바라로부터 힌트는 받았다. 그럼에도 제대로 말이 나오지 않는다. 어휘력이 갑자기 싹 사라질 정도로 아다시노의 유카타 차림은 강렬했다.

아다시노의 평소 모습과는 다르게 화려한 색의 유카타가 소녀의 천진난만함을 사랑스럽게 북돋는다. 그것도 오늘은 머리를 묶어서 뒤로 땋아 올렸다. 칸바라에게 도움받은 거겠지. 부끄러워서인지 손에 든 가방을 흔드는 동작이 아름다움을 더한다. 물론, 칸바라 또한 이에 지지 않는다. 애초에 이 녀석 또한 꽤 미소녀니까.

칸바라는 화려한 머리카락 색과는 대조적으로 시크한 유카타로 어른스러운 분위기를 자아내고 있다. 머리도 평소의 트윈테일이 아니라 위로 묶어 올렸다. 정말로 눈이 즐거워지는 아름다운 두 명이다.

"칭·찬·의·말!"

애가 타는 듯 칸바라가 소리를 죽이고 입술을 움직인다. 네가 말하지 않아도 알고 있다고….

"어… 어때…?"

주저하면서 시선을 던지는 아다시노의 모습이 사랑스러웠다. 나는 어떻게든 칸바라의 시선을 피하며 말을 빚어낸다.

"어울리네…."

그 한 마디에 아다시노의 얼굴이 활짝 핀다.

"둘 다…."

하지만 내가 그렇게 덧붙인 순간, 아다시노의 태도가 확 돌변한다. 칸바라도 이마에 손을 대고 고개를 푹 숙인다.

어? 뭔데? 제대로 둘 다 칭찬했잖아? 뭐가 잘못된 건데? 한쪽만 칭찬하면 다른 쪽은 서운해할 거잖아….

"바보…."

아다시노는 옆을 지나치며 가방으로 나를 때리고는, 쾅쾅, 하고 게다를 과장되게 울리며 걸어갔다.

"이상하네. 화낼 만한 일은 전혀 안 했는데…"

뒤늦게 따라 나온 칸바라가 내 귀를 잡아당기며,

"쓸데없는 한 마디는 필요없다고요. 낙제! 재시험! 다시 한번!"

"아프다고! 낙제라니, 뭐가?"

"대신 불꽃놀이 때, 네코 선배의 손이라도 한번 잡아주라고 요!"

"뭐? 왜, 내가 그런 걸…"

아니, 칸바라 녀석. 갑자기 왜 이렇게 신경 써주는 거지….

찌릿찌릿한 귀를 문지르며 나는 역으로 향하는 둘의 유카타 차림을 뒤에서 바라보았다.

축제가 열리는 강가 부지는 사람으로 가득 차 있었다. 딱 좋을 정도로 해는 기울어져 있었고, 가로수에 감긴 희미한 전등 아래를 많은 사람이 오간다. 일본 특유의 풍경. 꽤 풍취가 있다. 강변에는 드문드문 나룻배가 떠서 하늘로 쏘아 올려질 커다란 불꽃을 기다리고 있다. 끊이지 않고 이어지는 사람의 물결. 웃음이 이어지고, 포장마차 점주의 외침 소리가 떠들썩하다.

비일상적인 드라마가 이곳에 있었다. 이 리얼충 분위기. 옛날 같았으면 비스듬하게 서서 콧방귀를 끼며 웃어넘겼으리라. 하지만 축제의 소란도, 오늘만은 백코러스처럼 느껴진다.

"사람이 너무 많아서 멀미 나…"

아다시노는 벌써 약한 소리를 내뱉고 있다.

"뭐, 이렇게 사람이 많은 곳은 원래 절대 안 오니까."

"그래도 오늘은…, 오카미가 불러주었으니까 기대하고 있었어…."

"뭐, 나도 마찬가지야…. 리얼충 같아서 뭔가 낯간지럽지만."

칸바라는 거리를 두고 우리의 반걸음 뒤를 따라온다.

"지금부터 뭐 할까? 불꽃놀이까지는 시간이 있고, 뭐라도 먹을래? 아니면 게임이라도 할까?"

몸을 반쯤 돌리고 칸바라에게 묻는다.

"저는 네코 선배에게 맡길게요. 딱히 하고 싶은 것도 없고."

"저렇게 말하는데."

아다시노는 곤란한 표정을 지었다.

"아… 나, 축제는 처음이라…. 어쩌지…, 잘 모르겠어…."

턱에 손을 댄 채 생각에 빠져들었다. 그러자 등 뒤에서 목소리가 들린다.

"저, 초코 바나나라도 사 올까요?"

"왜 갑자기 초코 바나나인데? 뭔가 악의적인 선택 같은데…."

아다시노는 살짝 주먹을 쥔 채로 입가에 가져다 댄다.

"저기…. 나, 바나나 싫어하는데…."

아다시노, 답하지 않아도 괜찮다고! 순진한 거야? 괜히 이상한 상상을 하게 되잖아….

"어라 아쉽네요, 선배. 네코 선배는 바나나가 싫다네요."

"그게 나한테 뭐가 아쉬운 건지, 원고지 한 장으로 정리해서 제

169

출하라고!"

"그럼, 네코 선배. 프랑크푸르트 소시지는 어떠세요?"

"프, 프랑크푸르트 소시지…? 그건 뭐 먹을 수 있…는데…."

"선배, 프랑크푸르트 소시지라는 방법이 있었어요! 케첩이 잔 뜩 묻은 네코 선배의 입술, 상상하는 것만으로도 섹시하지 않나 요…."

"아무래도 좋으니까, 너 그만 좀 조용히 해!"

내가 질책하자 칸바라는 휘파람을 불며 딴청을 부린다. 뭐, 아 무래도 좋다. 이렇게까지 맛있는 음식 냄새가 풍기면 배가 시끄럽 게 울어대니까. 무언가를 위장에 집어넣고 싶은 기분이 들지 않는 것도 아니다.

"타코야키라도 먹을래?"

"응…. 먹고 싶어…. 타코야키."

"저도 좋아해요, 선배~"

둘 다 방긋방긋 웃는다. 아, 뭔가 당한 것 같은데….

"뭐, 그래. 내가 쏠게. 그 정도쯤은."

"선배, 역시! 남자답네요. 그 부분은 합격점을 줄게요."

금발 소녀가 얼버무리며 팔꿈치로 옆구리를 쿡쿡 찌른다.

"네 채점 따위 아무래도 좋다고…."

그렇게 대화를 나누고는 말을 꺼낸 내가 타코야키 포장마차에 줄을 섰다. 그 사이, 둘은 금붕어 낚시나 요요 게임 등을 구경하러 갔다. 얼핏 보기에는 사이좋은 자매처럼 보인다. 둘의 유카타 차림 은 어스름한 풍경 속에서도 환히 보인다. 분명 저 녀석들이 남장

을 한 채 비주얼계 밴드를 한다고는 이 자리에 있는 누구도 상상
하지 못하겠지….

"오래 기다리셨습니다! 500엔입니다."

"아, 네. 여기요."

돈을 내고 타코야키를 받아 든다. 나는 빠른 걸음으로 두 명에
게 돌아갔다.

"너희, 제대로 놀고 있잖아…."

아다시노가 사격 게임을 즐기고 있는 참이었다.

"칸바라가 자기가 이거 잘한다고 하길래…. 조금 배워봤어….
꽤 재밌네…."

"후훗. 네코 선배, 솜씨가 있네요. 방금 경품을 하나 따냈어요."

"오호. 대단한데? 어떤 거?"

"별다른 건 아닌데…."

가방끈에 고양이 캐릭터 인형이 빛나고 있었다.

"귀엽죠? 네코 선배랑 닮은 게 맞았어요."

"칸바라는 이런 게임 잘하나 보네."

"뭐, 전에는 자주 왔었거든요…."

어렴풋이 깨닫게 됐다. 아마 같이 왔던 사람은 라이언이었겠지.

"앗."

툭, 하고 쓰러뜨리는 소리가 났다.

"경품 하나 또 따냈어…."

아다시노는 부끄러운 듯 총을 내려놓는다.

"오오. 역시 제가 가르쳐준 덕이네요!"

"또 인형이긴 한데… 저기…, 칸바라 이거 받아!"

"네? 저한테 주는 거예요?"

"응. 강사료로…. 이거 칸바라랑 잘 어울릴 것 같아."

"아… 그런가요? 근데 뭔가 이거 못생기지 않았나요?"

그건 새를 본뜬 캐릭터였다.

"카나리아. 나는 귀엽고 잘 어울리는 것 같은데…."

"뭐, 선배가 그렇게 말한다면 감사히 잘 받을게요…."

둘은 사이좋게 가방끈에 액세서리를 걸었다.

"자, 그럼, 배를 채워볼까."

그때 칸바라가 갑자기 내 앞으로 다가왔다.

"응?"

당황하는 내 손을 칸바라는 꽉 쥐어 올렸다.

"이거, 타코야키에 대한 답례에요. 저도 경품을 따냈거든요. 이 거 선배한테 줄게요."

그렇게 말하고 내 손바닥 위에 올린 것은 늑대 인형이었다.

"고, 고마워…."

"소중히 여겨 주세요."

목을 기울인 채 미소 짓는 그 얼굴은 평소의 어른스러운 표정 과는 달리 나이에 걸맞게 천진난만했다. 가끔 이렇게 귀여운 면을 보이니까 칸바라는 미워할 수 없다니까….

그 후 우리는 사람이 적은 가로수 밑으로 이동해서 타코야키를 먹었다.

저녁 7시가 지나자 슬슬 주변도 소란스러워진다. 이제 30분 정도가 지나면 불꽃놀이 시간이다. 유료 구역에는 긴 테이블과 도시락이 준비되어 있고, 앉아서 불꽃놀이를 구경할 수 있게 되어 있다. 느긋하게 구경할 수 있을 것 같아서 부럽지만, 저 사람들은 따로 돈을 낸 것이니까 당연한 걸까.

우리는 거기에서 훨씬 뒤, 무료 구역인 광장 구석에 자리를 잡고 대기 중이다. 출구 부근이 나가기 쉬우니까⋯. 너무 앞으로 가서 콩나물시루 신세가 되는 건 피하고 싶다. 그런데 유료 구역에는 유카타가 아니라 축제 복장인 핫피 차림을 한 사람들로 가득 차 있었다. 이마에 천을 감고 손가락 사이에 야광봉을 끼고 흔드는 기괴한 집단⋯. 구역 안에는 특설 스테이지가 설치되어 있었고, 스태프처럼 보이는 사람들이 열심히 기자재를 운반하는 중이었다.

"엄청 정신없어 보이네⋯."

"그러게. 유명한 사람이라도 오는 건가?"

칸바라는 멍하니 스테이지를 바라보고 있었다.

"왜 그래? 컨디션이라도 안 좋아?"

걱정되어 말을 걸었지만,

"네? 아니요. 괜찮아요."

⋯라며 가짜 미소를 보인다. 평소의 가벼운 말투와는 다르게 어딘지 그림자가 진 채로 뭔가 마음이 불편해 보인다.

"뭔가 텔레비전 방송의 기획으로 비밀 게스트가 오는 모양이에요."

"오. 비밀인데도 이렇게 팬이 모인 거야?"

"지금은 SNS를 통해 정보가 빠르게 퍼지니까요. 아니, 뭐 애초에 팬클럽에서 추첨으로 올 사람을 뽑은 거 같더라고요."

칸바라 녀석, 이상할 정도로 구체적으로 알고 있네.

"흠. 추첨으로 올 사람을 뽑을 정도로 인기 있는 사람이라니. 누구려나?"

얼마 지나지 않아 BGM의 볼륨이 오른다. 스피커에서 신시사이저의 기계음이 흘러나오자 핫피를 입은 집단이 '우오!' 하고 땅이 울릴 정도로 괴성을 지르며 스테이지 앞으로 달려나갔다. 일반 손님은 자리에 앉아서 뭔가 못마땅한 쓴웃음을 짓고 있지만, 핫피 집단은 전혀 신경을 쓰지 않는 눈치였다.

수백 명의 박수 소리에 맞춰서 BGM이 빨라지자 스테이지에 한 명의 소녀가 등장했다. 순간, 일제히 엄청난 환성이 광장을 울렸다. 밤색 포니테일이 잔물결처럼 흔들린다. 소녀는 센터 마이크 앞에 서서 양손을 활짝 펼친 채 입을 연다.

"여러분! 오늘은 축제일이네요! 다들 즐기고 있나요?"

귀에 손을 대고 반응을 기다린다. "즐기고 있어요!"라는 환호가 여기저기서 들려온다.

"오늘은 제가 여러분의 하트에 특대 불꽃놀이를 쏴줄게요!"

익숙한 멘트. 그것도 그럴 만하다. 스테이지에 나타난 것은 천하의 톱 아이돌, 소고 리코였다. 지금까지 이런 무대에 수없이 많이 서 왔으리라. 스포트라이트를 받은 가냘픈 소녀의 실루엣이 아름답게 빛난다. 너무 멀어서 얼굴은 제대로 보이지 않았다. 하지만 이 무료 구역의 관객들조차 그녀의 등장에 환호하고 있다는 것을 느낄 수 있었다. 과연 스타의 품격이 있군.

소고 리코가 등장한 것만으로도 주변의 온도가 올랐다. 사방에서 날아드는 환호의 목소리에서 그녀의 엄청난 인기를 엿볼 수 있었다.

"그럼, 들어주세요!"

익숙한 전주가 흘러나온다. 라이브 연주는 아니지만, 무척 박력 있다. 소고 리코가 스탠드에서 마이크를 빼 들고 댄스를 시작하자, 그녀의 팬들이 내지르는 응원의 멘트가 더해진다. 광장에서 그 모습을 보던 관객들도 몸을 흔들며 박수를 친다.

소고 리코가 노래를 부르기 시작하자 모두가 따라서 노래를 흥얼거린다. 지금 부르는 노래는 음료수 광고 음악으로 사용되는 곡으로, 그녀가 발표한 노래 중에서도 가장 인기 있는 곡이었다.

그녀가 풀사이드에 앉아서 음료수를 마시는 광고의 한 장면이 떠오른다. 이런 식으로 노래는 추억을 불러다 준다. 좋은 것이든, 나쁜 것이든. 노스텔직한 기분에 잠길 정도로 먼 기억은 아니긴 하다. 이 광고가 흘렀던 것은 문화제 라이브를 앞두고 내가 가슴을 부풀리고 있던 시기였으니까. 1년 전의 나는 이런 멤버 구성으로 밴드를 하고 있으리라고는 생각도 하지 못했다.

소고 리코가 몸을 굽히며 절도 있는 댄스를 선보인다. 어느샌가 나도 그 후렴의 프레이즈를 읊조리고 있었다.

"반짝이는 여름의 밤하늘을 붙잡고 싶어
쏘아 올려진 불꽃은

마치 별자리 같아"

소고 리코는 한층 다른 아우라를 발했다. 이렇게 멀리에 있어도 나는 그녀로부터 눈을 떼지 못하고 있다. 바람을 맞으며 날뛰는 뒷머리도. 방향을 바꿀 때마다 쫙 펴지는 손가락도. 격한 움직임 속에서도 단 한 번도 망가지지 않는 완벽한 미소도.

많은 아이돌과 격전을 벌여 온 그녀의 실력은 허세가 아니었다.

"옆에서는 너의 미소가 튀어나왔어
아무렇지도 않게 그 손을 잡기까지"

스포트라이트를 받는 한 명의 소녀에게 수백 명의 환호가 쏟아진다. 이것이 라이브 공연장이라면 몇천, 몇만의 소리가 울려 퍼지려나.

"끝나지 말아줘
불꽃이여
부탁이니까"

압권의 스테이지였다. 그녀가 무대를 뛰어다니는 사이, 그 자리에 있던 누구나가 소고 리코에게 시선을 빼앗겼다. 단 한 곡으로 불꽃놀이를 기다리는 관객의 볼티지를 더욱더 높여버렸다. 이것이 톱 아이돌의 실력이라는 건가.

"감사합니다! 불꽃놀이 재밌게 즐겨주세요! 소고 리코였습니다!"

소고 리코가 스테이지에서 멀어지자, 아낌없는 박수가 쏟아진다. 앙코르를 외치는 소리가 끊이지 않는다. 하지만 스태프가 열심히 기자재를 철수하고 있다. 앙코르는 없는 듯하다.

그렇다. 오늘 밤은, 오늘 밤만은 이만큼이나 관객을 매료시킨 소고 리코조차 들러리에 불과하다. 진짜는 지금부터. 그녀가 불을 붙인 구경꾼의 마음은 이미 밤하늘로 향하고 있었다.

느닷없이. 피융, 하고 가느다란 섬광이 하늘로 오른다. 덧없는 한 줄기 빛은 밤하늘의 한가운데에서 터진다. 빛의 꽃다발은 뿔뿔이, 희미하게 퍼져나간다. 몇 번이고, 몇 번이고, 성대하게 불꽃이 하늘로 피어오른다. 둥, 하고 호쾌한 소리를 내며 밤하늘에 아름다운 인공의 꽃이 피어난다.

아다시노를 옆눈으로 바라본다. 불꽃이 발한 잔광이 희미하게 그녀의 옆얼굴을 노란색으로 물들이고 있었다. 심장이 혈액 순환에 실패한 것처럼 크게 맥박이 뛴다. 불꽃보다도 옆에 있는 소녀 쪽이 훨씬 더 아름다웠다.

거기다가 칸바라에게 들은 대사가 빙글빙글 머릿속을 맴돈다. 나는 소고 리코의 가사를 반추했다.

'아무렇지도 않게 그 손을 잡기까지'

숨이 멈췄다. 정말로 괜찮을 걸까? '네코 선배의 손을 잡아줘요.' 칸바라가 말한 쓸데없는 한마디 탓에 이상하게 의식하게 된다. 아다시노의 손은 관람차 안에서 한 번 잡은 적이 있다. 하지만 그때와는 상황이 다르다. 그건 아다시노가 공포에 휩싸여 내게 의지한 것뿐.

제대로 칭찬하지 못했던 유카타가 무척이나 멋져 보였다. 고민이 생각을 복잡하게 만든다. "끝나지 말아줘 / 불꽃이여 / 부탁이니까"라는 소고 리코의 가사가 귀에 맴돈다. 만약 정말로 내가 손을 잡으면 아다시노는 어떤 반응을 보일까? 나에게 웃음을 보여줄까? 아니면 놀라서 눈을 돌릴까?

겁쟁이인 왼손이 하늘을 허우적거린다. 하지만 확인해보고 싶다. 이 손으로 그녀의 손을 잡았을 때, 아다시노가 나를 향해 어떤 표정을 보여줄지. 나의 손은 이번에야말로 소녀 쪽으로 향한다.

그때였다.

내 손에 다른 따뜻함이 전해져 왔다. 이상하게 생각되어 나는 시선을 던진다.

"어?"

겹쳐져 있던 것은 칸바라의 손이었다.

"예쁘다…."

아다시노의 갑작스러운 중얼거림. 마음이 불편해져서 나는 칸바라의 손을 떨쳐냈다.

"으, 으응…. 예쁘네…."

칸바라의 얼굴은 어둑어둑해서 자세히 보이지 않았다. 마음이 소란스럽다. 도저히 불꽃놀이에 집중할 수가 없었다. 아다시노의 오른손이 멀다. 칸바라의 표정이 신경 쓰인다. 내가 멍하니 있는 사이에 마지막 불꽃이 밤하늘을 삼키며 하늘로 올라갔다. 구경꾼들의 박수는 언제까지고 멈출 기색을 보이지 않는다.

터질 듯한 갈채. 나는 그 안에서 그저 허공을 바라다볼 뿐이었다.

※

형언할 수 없는 죄책감이 엄습해왔다. 내 손은 아다시노가 아니라 칸바라와 마주 잡았다. 물론 의도한 것은 아니라고 믿고 싶다. 하지만 그 감촉은 체감 시간으로서 10초 정도. 우연이라고 치기에는 너무 길다. 어째서 손을 잡으라고 부추긴 장본인이 그런 방해를 했는지는 알 수 없다.

돌아가는 길에도 칸바라는 우리의 반걸음 뒤에서 걸으며 아무렇지도 않게 가방을 이리저리 휘둘러 댔다. 사람의 마음을 어지럽혀놓고, 도대체 무슨 생각이야….

"즐거웠어."

아다시노가 천천히 중얼거렸다.

"응."

"라이언도 와줬다면… 더 즐거웠을 텐데…."

"그건 그래. 뭐, 그래도 밴드 멤버가 다 모이지는 못했지만, 나름 재밌었으니까."

"응….."

순간적으로 발을 멈춘 아다시노는 나와 등 뒤의 칸바라를 돌아본다.

"둘 다 오늘 고마워…. 두 사람 덕에 즐거웠어…."

칸바라가 얼굴을 숙인다.

"그만하세요. 네코 선배…."

"응…? 내가 뭔가 신경을 거스르는 말을 했어…?"

불안한 듯 칸바라 쪽으로 다가선다.

"아무것도 아니에요…. 네코 선배는 잘못한 거 없어요…. 잘못한
건…."

내 마음이 안개로 가득 찬다. 아다시노를 속이고 있는 기분이었
다. 잘못한 건 나다…. 내가 칸바라와 정면에서 마주할 용기가 없
었기 때문이다. 마음의 응어리가 풀리지 않은 채, 나는 강한 어투
로 말을 꺼낸다.

"뭐, 오늘은 이미 늦었으니 어서 돌아가자. 응?"

"응…. 가자, 칸바라."

칸바라가 아무 말 없이 걸음을 재개한다. 돌아가는 전철 안에
서도 불온한 공기가 감돈다. 대화가 이뤄지지 않는다. 불편한 침묵
이 이어진다. 역에 도착해서 홈에 내리자, 앞다퉈 귀로에 오르는
군중이 계단으로 밀려든다. 그 안에서 문득 아다시노가 발을 멈
춘다. 인파는 소녀를 피해서 나아간다.

"괜찮아?"

"미안…. 역시, 내가 뭐 잘못했어…?"

"무슨 말이야?"

칸바라는 점자 블록을 바라보고 있다.

"그게, 둘의 분위기가 이상하니까…. 실은 내가 둘을 방해한 거
아닌가 해서…."

"아니야. 그렇지 않아. 그런 이상한 생각을 왜 해."

문득 칸바라가 옆을 지나가는 모습이 보였다.

"어이, 칸바라?"

"먼저 갈게요…."

"응? 왜 그러는 건데?"

"몰라도 돼요! 모르는 채로도 상관없다고요! 내버려두세요!"

사람들이 대부분 빠져나간 홈에 칸바라의 외침이 울려 퍼진다.

"저는 역시 최악이에요…. 모두가 말하는 것도 일리 있어요…. 정말로 사신이 맞았어요…. 이대로라면 이 밴드도 망가져버릴지 몰라요…."

"어이, 칸바라."

칸바라는 이쪽을 보지 않은 채 계단을 내려간다. 아다시노가 비틀거리며 난간 쪽으로 다가섰다. 다리에 힘이 없어 보인다. 익숙하지 않은 게다를 신은 탓인 걸까. 왜 나는 지금까지 깨닫지 못했을까?

"아다시노, 너. 발 다쳤어?"

"괜찮아…. 조금 까진 것뿐…."

엉거주춤하며 칸바라 옆으로 다가간 아다시노는 칸바라에게 말한다.

"칸바라, 괜찮아. 우리는 칸바라를 버리거나 하지 않을 테니까."

"그만하세요…."

"계속 옆에 있을 테니까."

"상냥하게 굴지 마세요! 저는 네코 선배를 배신하고…."

그때였다. 칸바라의 목소리가 사그라들었다.

"아다시노!"

그 자리에 있던 누구나가 멍하니 바라볼 수밖에 없었다. 눈앞의 영상이 슬로모션으로 재생된다.

"네코 선배…?"

자세가 무너진 아다시노가 계단에서 굴러떨어진 것이다. 머릿속이 새하얘졌다.

"내 탓이야…. 내가 사신이라서…."

아연실색한 내 앞에서 잠꼬대처럼 칸바라가 중얼거렸다. 그로부터의 일은 토막토막 잘려나가 거의 기억나지 않는다. 깜짝 놀란나는 그 자리에서 얼음처럼 선 채 멍하니 있었다고 한다. 기억에남아 있는 것은 다리를 누르며 바닥에서 뒹구는 아다시노의 모습과 계단에 무릎을 꿇고 무너져 내린 칸바라의 창백한 얼굴. 그리고 아다시노를 데리고 가는 구급차의 사이렌 소리뿐이었다.

※

첫날에는 영원하다고 생각했던 방학도 결국 끝은 다가왔다. 여름방학도 이제 겨우 2주 남짓 남았다. 여름 축제 다음 날이다. 거리가 아직 축제의 여운에 잠긴 가운데, 나는 찜통더위가 느껴지는가로수길을 건너 아다시노가 입원한 병원으로 향했다.

접수 안내에서 아다시노의 병실을 물었다. 방은 1인실이었다. 느긋하게 말할 수 있어서 다행이었다. 침대에 누워 있던 아다시노의 얼굴이 어두웠다.

"부모님은 어디 가셨어…?"

"일…."

"오봉 연휴인데도 바쁘시구나."

"우리 부모님은 맞벌이니까…."

"응. 우리 집도 그렇긴 해."

무난한 대화의 랠리가 서글펐다. 어젯밤 일에 대해서는 말하지 않고자 서로가 서로를 견제하는 판국이다.

"이래서는 라이브 같은 건 무리겠네…."

문득 약한 마음이 흘러나오고 말았다.

"괜찮아…. 다리에 살짝 금이 간 것뿐인데, 뭐…. 손은 괜찮으니까…."

"아니, 그래도 당분간 안정을 취해야 하는 거 아니야? 다른 곳도 좋지 않은 부분이 있을지 모르고."

"응. 그래서 검사하려고 입원한 거니까. 다리 말고는 아픈 곳 없으니까 괜찮아…."

우리는 서로 본론에서 벗어나 얼버무렸다. 핵심을 건드리지 않고자 얼굴을 마주하지 않는다. 서로 인정하고 싶지 않은 것이다. 칸바라의 비장한 얼굴이 아다시노의 눈에도 선명하게 남아 있을지 모른다. 이제 두 번 다시 모여서 연주할 수 없다는 생각이나 하고 있는 자신이 무책임하게 느껴졌다.

"검사에서 문제가 없으면 곧장 퇴원할 수 있어. 길거리 라이브에 맞출 수 있으니까…."

"아니…. 무리 안 해도 돼…."

길거리 라이브. 할 수 있을지조차 알 수 없다. 곡마저 완성되지 않았다.

"그런데, 칸바라와는 연락이 됐어…?"

불안을 감추려는 듯 아다시노가 결국 본론으로 들어갔다.

"오기 전에 그 녀석의 집에 들렀는데 집에 없더라…. 문자에 답도 없고."

"내 탓이야…. 내가 부주의해서 이런 일이…. 없었던 일로 되돌릴 수 없어…."

결국 아다시노조차도 이렇게 약한 소리를 내뱉게 됐다.

"네 탓이 아니야."

그렇다. 오히려 내 탓이다. 그때 내가 회피하지 않고 제대로 대화에 참여했다면. 아다시노 앞에서 어물쩍거리며 내 사정만 살피고 있었다. 내 우유부단이 아다시노를 불행에 빠뜨렸다. 적어도 웃어넘기며 이야기를 끌어갔으면 좋았을 테다. 그랬다면 칸바라 또한 평소처럼 가벼운 농담을 던졌을 테고, 그러면 그 건은 유야무야 넘어갔을 것이다. 내가 어물쩍 넘기려다 보니 칸바라가 자책하는 마음에 시달리게 됐다.

칸바라의 대사를 있는 그대로 받아들이고는 아다시노의 옆얼굴을 멍하게 쳐다보던 나의 죄. 칸바라는 '나도 여기에 있어'라고 말하고 싶었던 것 아닐까.

"칸바라는 자신을 사신이라고 책망하고 있을 거야…. 내가 다치지 않았다면 좋았을 텐데…. 이번에야말로 도망칠 곳 따위 없는데…."

아다시노는 골똘히 생각에 잠겨 있다.

"라이언한테… 어제 일 말해볼게…. 뭔가 조언을 해주지는 않을
지…."

결국 나는 누군가에게 떠넘기기만 하는 건가. 자기혐오에 빠진
다. 그때 칸바라의 손을 뿌리친 것은 다름 아닌 나 자신이 아닌가.

"내가 모두를 뿔뿔이 흩어지게 했어…."

"아니야! 아다시노 탓이 아니야! 내가 나빴어…."

천천히 아다시노는 고개를 저었다. 그리고 상반신을 일으켜서
는 침대 옆 책상으로 손을 뻗어서 사격의 경품으로 따낸 인형을
쥐어 든다. 고양이 인형이다.

"어제 분명 즐거웠는데…."

흐느끼는 소리가 병실에 울려 퍼진다. 이곳에 있는 것이 불편하
다. 무엇을 어떻게 하더라도 시간은 되돌릴 수 없다.

그 순간으로 되돌아갈 수 있다면, 나는 간사한 망상을 하고 있
었던 것을 둘에게 솔직히 털어놓을 것이다. 그리고 이마를 자갈에
문질러서라도 빌고 빌 것이다.

하지만 이미 엎질러진 물이다. 그렇게 즐거운 사이였음에도 버
튼을 아주 살짝 잘못 누른 것만으로도 관계는 쉬이 해체되어 버린
다. 나는 다시 한 마리의 늑대로 돌아가 달을 향해 후회의 울음을
울부짖는다. 이 얼마나 비참한 결말인가.

그때 주머니에서 스마트폰이 울렸다. 디스플레이에 비친 이름
을 확인하고 놀랐다. 나는 곧장 전화를 받았다.

"네…. 유메사키 선생님? 어쩐 일이세요? 지금 여름방학인데."

나는 머리를 감싸 쥐었다.

"네…? 칸바라가…."

최소한의 대화만을 주고받고 나는 전화를 끊었다.

"칸바라가 어쨌는데?"

"미안, 아다시노. 이제 막 온 참인데, 잠깐 할 일이 생겼어."

"응?"

"칸바라가 학교에 나타났대."

"왜…?"

"문화제 신청 용지에서 자신의 이름을 지워달라고 말하러 왔대."

"아…."

"잠깐 유메사키 선생님과 이야기하고 올게."

모든 것이 원점으로 돌아가버렸을지 모른다. 나는 히어로를 흉내 내고 있었을 뿐, 실제로는 그 녀석을 구하지 못한 것이다. 지금도 사신은 낫을 높이 든 채 칸바라의 등 뒤에서 웃고 있다.

※

지금은 여름방학 중이다. 사람이 많지 않은 학교에는 운동부의 고함 소리만 들려올 뿐이다. 설마 여름방학에 굳이 학교에 오게 될 줄이야. 하지만 확인하지 않으면 안 되는 일이 있다. 나는 교무실의 무거운 문을 열었다.

"아, 오카미. 불러서 미안해."

"아니요. 긴급사태니까요. 오히려 알려주셔서 고맙습니다."

"도대체 무슨 일이 있었던 거야? 어째서 칸바라가 탈퇴하고 싶다고 한 거지?"

험상궂은 말이지만 말투와 달리 책망할 생각은 없어 보였다. 선생님은 금방 표정을 풀었다.

"아다시노 건은 부모님께 연락을 받아서 알고 있어. 무슨 일이 있었던 거야?"

"어제, 세 명이 축제를 보러 갔어요."

상세한 사항은 생략하기로 한다. 요점만을 말한다.

"근데 갑자기 아다시노가 그런 일을 당하게 돼서…. 칸바라가 다 자신 탓이라고 생각한 것 같아요."

선생님이 일어선다.

"여기서는 말하기 좀 그러려나. 다른 곳으로 가자."

우리는 옥상으로 향했다. 굳게 잠긴 열쇠를 열자, 새파란 하늘에 뜬 태양이 눈 부셔서 나도 모르게 눈을 가늘게 뜨고 만다.

"어때? 경치 좋지? 원래는 학생 출입 금지지만, 오늘만 특별히 허락해줄게."

펜스에 등을 기댄 채 선생님이 팔짱을 낀다. 불어오는 바람이 선생님의 뒷머리를 펄럭인다.

"저는 바보예요…."

설명을 하는 동안에 혼란에 빠진 사고가 깨끗해지면 좋으련만.

"칸바라를 구하기는커녕, 아다시노까지 다치게 했어요…. 저와 관련된 사람은 모두 불행에 빠지게 돼요…. 이제 어찌하면 좋을지…."

"어찌하면 좋을지라. 조금 전제를 바꿔볼까? 너는 어떻게 하고
싶은데?"

어떻게 하고 싶은지, 답은 이미 정해져 있다.

"이대로 해산하는 건 정말 싫어요…."

아무래도 어리광을 부리는 어린아이 같다. 정말 나는 형편없는
존재다.

"그래도 할 수 있는 건 다 했어요…. 이 이상, 제가 칸바라에게
해줄 수 있는 게 있을까요…? 저한텐 힘도 없고, 아무 장점도 없으
니까요…."

툭. 선생님의 주먹이 내 가슴을 때린다.

"에?"

"나쁘게 생각하지 마. 체벌이 아니야. 기합을 넣은 거야. 작년이
었지. 네가 처음으로 경음악부에 얼굴을 내밀었던 그때, 너는 그렇
게 보기 흉한 눈을 하고 있지 않았어."

"그때는…, 선생님 또한 가면을 쓰고 있었잖아요…."

"이 녀석이!"

"아야야! 뭐 하는 거예요!"

볼을 세게 꼬집었다.

"너희가 문화제 신청서를 제출했던 때. 네 눈은 그때로 돌아간
것처럼 초롱초롱 빛나고 있었어. 하지만 지금은 침울해져서 보기
도 괴로울 정도야."

"그렇겠죠…."

"네가 그래서 어쩌자는 거야. 정신 차려, 프런트맨. 너는 밴드의 얼굴이잖아. 침울해져 있을 틈이 어딨어!"

언젠가 칸바라에게도 비슷한 말을 들은 적이 있다.

"네 노래 하나로 플로어의 온도가 달라져. 악기는 어차피 곁다리 역할이야. 네가 메인이라고."

"그렇게까지 말 안 해도…."

"나도 전에 기타를 했으니까 잘 알아. 라이브에서 눈에 띄는 건 보컬이지. 손님의 9할은 보컬을 보러 오는 거라고. 그래도 말이야. 그 보컬만으로는 밴드가 성립하지 않아."

"네…."

"악기도 연주하지 못하는 네가 혼자서 할 수 있는 게 뭐야?"

무엇을 할 수 있나. 답은 단 하나밖에 없다.

"노래하는 것뿐이죠…."

"잘 알고 있네. 그럼, 노래하면 돼."

"네? 그래도 노래는 스튜디오에서 매번…."

"내가 노래하라는 건, 바로 너 자신의 노래야. 너밖에 부를 수 없는 노래를 찾아보라고."

"저밖에 부를 수 없는 노래?"

"너는 계속 〈ROSY〉만 부를 셈이야?"

확 깨닫는 바가 있었다. 선생님이 말하는 노래란, 내가 가사를 쓴 노래를 말하는 것일지도 모른다. 다시 말하면 '말'. 나밖에 빚어 낼 수 없는 말을 찾아내면 되는 것이다.

"오리지널 곡…."

응, 하고 선생님이 긍정했다.

"나도 밴드를 했으니 어레인지 정도는 도와줄게."

"그래도 아직 가사를 한 마디도 못 썼어요… 남은 시간이 거의 없어요…"

길거리 라이브의 엔트리 기한까지 일주일도 채 남지 않았다. 분명 칸바라에게 오리지널 곡을 선보인다면 길거리 라이브가 딱 좋은 타이밍이리라. 얼른 손을 쓰지 않으면 그 녀석은 우리 앞에서 모습을 감춰버릴지도 모른다. 구원받지 못한 자신의 인생을 저주하면서….

"야근비만 준다면 퇴근 후에도 협력할 테니까."

선생님이 장난스럽게 웃는다.

"선생님, 저 잠깐 할 일이 생겨서 이만 가볼게요."

나는 곧장 발길을 돌렸다. 지금은 1초라도 시간이 아깝다. 후회도, 반성도, 지금은 모두 뒤로 미뤘다. 겨우 방법을 찾았다. 칸바라를 위해 내가 할 수 있는 것. 지금은 그것을 전력으로 해내는 수밖에 없다.

　　　　※

집에 돌아와 나는 곧장 작사를 시작했다. 하지만 태어나서 한 번도 곡을 써본 적 없는 내게는 꽤 높은 허들이었다. 전하고 싶은 마음은 산처럼 많았지만, 그것을 바꿔줄 '말'을 찾을 수가 없었다. 안타깝다. 쓸데없는 농담은 얼마든지 떠오르지만, 정말로 전하고 싶은 '진짜 말'은 찾을 길이 없다. 어쩔 수 없이 스마트폰으로 가사 게재 사이트를 뒤져봤다.

뭐든 좋다. 어떤 프레이즈라도 힌트가 되어주는 게 있다면. 우리는 비주얼계 밴드다. 그렇기에 나는 비주얼계 밴드의 가사를 위주로 검색해봤다. 하지만 무척이나 중2병 같은 가사 때문에 명치 주변이 근질근질하고 괴성이 차오른다.

어이, 이런 가사를 잘도 부르는구나….

어떤 밴드는, 강철의 구세주가 대지를 박차고 있었다. 구세주가 기계였어? 어떤 밴드는, 새가 비위를 맞추고 있었다. 새한테도 상사가 있었어? 어떤 밴드는, 루나틱 게이트로 나를 데리고 갔다. 근데, 그게 어디에 있는 거야?

패닉이다. 내 머릿속에서는 말이 큰 정체를 빚고 있다. 하지만 어떤 가사든 그 곡의 멜로디에 딱 어울렸고, 서로 녹아내리고 서로 융합하며 하나의 작품으로 승화되어 있었다. 그렇기에 그 곡들은 어떤 것이든 내 마음을 강하게 울렸다.

"비주얼계 밴드니까, 이 정도 중2병 같은 가사 쪽이 좋을지도 모르겠네…."

부끄러워하고 있을 틈이 없다. 칸바라에게 전하고 싶은 마음을 아다시노의 멜로디에 얹어야 한다.

문득 나는 바지 주머니에 있던 물건을 꺼내서 바라본다.

"칸바라가 준 인형…."

아다시노도 자신이 따낸 경품 인형을 소중한 듯 가지고 있었다.

"분명 아다시노가 칸바라에게도 하나를 줬었지…."

그 경품을 보고 아다시노는 칸바라와 닮았다고 웃었었다. 처음에는 분명 캐릭터의 외관을 말하는 거라고 생각했었는데.

"아⋯, 그래. 카나리아였어⋯."

칸바라 코토리. 작은 새를 뜻하는 코토리小鳥라는 이름과 딱 맞기 때문이 아니었을까? 나밖에 빚어낼 수 없는 말. 사신을 구하기 위한 곡. 좋아. 이미지가 떠올랐다. 남은 건 부족한 부분을 보완해 나가면 된다. 그것을 위해 나는 스마트폰을 손에 쥐었다.

"여보세요, 오카미 선배? 무슨 일이세요?"

전화 상대는 라이언이다.

"아⋯. 너한테 사과해야 할 일이 있어서⋯. 내가 뭔가 또 실수해 버렸거든⋯. 내 탓에 칸바라가 밴드를 그만두겠다고 나섰어⋯."

"⋯그렇군요. 코토리에게서 문자 답이 없는 건 그것 때문이었나 보네요."

"미안. 그래서 조금 상담에 응해줬으면 해서. 나, 그 녀석에게 말을 전하고 싶거든. 그러니까 그 녀석의 과거 이야기를 들려주었으면 해."

"구체적으로 어떤 이야기를요⋯?"

"그 녀석의 아버지 이야기라거나, 이것저것⋯."

"알겠어요⋯. 그런 거라면 얼마든지 말해드릴게요."

"아, 고마워, 정말."

그리하여 나는 날이 샐 때까지, 내가 모르는 칸바라 코토리에 관해 라이언에게 전해 듣게 됐다.

"좋아, 곧장 어레인지에 들어가자고."

그것이 완성된 가사를 본 유메사키 선생님의 첫 마디였다. 그날은 선생님과 함께 작업에 몰두했다. 둘째 날은 라이언과 아다시노에게 곡의 데이터를 전달했고, 아다시노의 외출 허가가 떨어진 3일째에는 스튜디오에 틀어박혀 오리지널 곡을 통으로 녹음했다. 드럼은 선생님이 컴퓨터를 이용해 자동 박자 데이터로 만들어줬다.

혹시 칸바라가 오지 않는다면 라이브에서는 선생님이 드럼을 담당해주기로 했다. 하지만, 그런 건 생각하고 싶지 않다. 그래서 우리는 굳이 드럼만은 생 음원을 사용하지 않았다. 그건 드럼은 네가 아니면 안 된다는 칸바라를 향한 메시지였다.

그리고 완성된 따끈따끈한 신곡을 가지고 나는 그때 들었던 라이브하우스로 향했다. 합동 라이브 이벤트를 앞두고 신경이 곤두서 있었을 텐데도 리더는 우리의 음원 데이터를 받아들고는 그 자리에서 곧장 들어줬다.

"좋은데? 본 공연, 기대하고 있을게!"

무사히 공연 교섭에 성공했다. 길거리 라이브까지 남은 시간은 앞으로 일주일 남짓. 내 빈곤한 뇌로는 변명 같은 말밖에 떠오르지 않았다. 그런 임시변통의 설득 따위로 사태는 바뀌지 않으리라. 그렇기에 라이언에게 협력을 부탁했던 것이다.

나는 주머니 속의 USB를 쥔다. 이 녀석에게 모든 것을 맡겨야 한다.

나는 칸바라의 집을 찾았다. 초인종을 눌러도 반응은 없었다. 다시 집을 비운 것일까. 하지만 그런 것으로 물러서지 않는다. 무엇을 위해 내가 이 곡을 써 내려갔던가. 칸바라에게 전하지 않으면 안 된다.

칸바라에게 들러붙은 마물은 그녀의 불행을 바라보며 웃고 있으리라. 사신은 현실에 존재하지 않음에도, 연이어 발생한 우연이 그것을 사실처럼 만들었다. 못을 박은 것은 아다시노의 부상. 칸바라에게 있어서 그건 마지막 한 방이었을 것이다. 도대체 칸바라는 그 눈으로 얼마만큼의 불행을 바라봐왔던 걸까. 그리고 그 모든 것을 자신의 탓이라고 착각하고 만 것일까.

나는 주변에 폐가 된다는 것을 알면서도 쾅쾅 문을 두드렸다.

"칸바라! 집에 있지? 내 말 좀 들어줘."

답은 없다. 하지만 나는 목소리를 높인다.

"길거리 라이브, 하기로 결정됐어! 오리지널 곡도 완성했고! 남은 건 네 드럼 소리를 집어넣는 것뿐이야! 네 드럼이 없으면 이 곡은 미완성이니까!"

침묵이, 그저 두려웠다. 바로 그때. 겨우 문이 열렸다.

"칸바라?"

푸석푸석한 머리. 낡아 빠진 추리닝 차림. 칸바라는 심한 꼴을 하고 있었다. 계속 울고 있었던 걸까. 눈은 퉁퉁 부어 있었다. 칸바라의 시간은 그 불꽃놀이 날에 그대로 멈춰버린 상태인 듯했다.

"조금이라면… 이야기를 들을게요…."

그렇게 말하고는 칸바라는 나를 자신의 집으로 불렀다. 나는 그녀의 뒤를 따라 불도 켜지 않은 집으로 들어섰다. 내가 거실 바닥에 앉자, 칸바라가 차를 가져다줬다. 칸바라는 가만히 방의 구석으로 이동한다. 그리고 벽에 기댄 채 양 무릎을 끌어안는다. 답답한 공기 속, 건네받은 차를 마실 생각도 들지 않아서 나는 가만히 칸바라의 말을 기다렸다.

겨우 칸바라가 입을 뗐을 때는 시계의 긴 바늘이 45도 기울어져 있었다.

"저, 폐를 끼쳤으니 밴드에서 빠질게요…."

"왜 그렇게 생각하는 건데?"

"그거야 네코 선배가 그런 일을 당했으니까요…. 저, 이제 정말 제가 무서워요. 정말 사신이 맞는 거겠죠…. 소중한 사람을 또다시 잃을 뻔했으니까요…."

"그건 우연이야."

"아니에요! 제 탓이라고요…. 제가 그때…."

어두운 방에 불꽃놀이 소리가 들려오는 것 같았다. 그때라면 아직 손을 쓸 도리가 있었다. 하지만, 이미 엎질러진 물이다. 이제 와서 묻는다고 해도 아무것도 달라지지 않을지 모른다. 하지만 그 이유를 묻지 않으면 분명 우리는 앞으로 나아갈 수 없다. 과거에 남겨진 칸바라는 1년 전의 내 알맹이처럼 그 강가 변에 놓인 채남아 있는 것이다.

"내 손을 잡았기 때문에…?"

칸바라의 얼굴이 어두워졌다. 그렇지만 계속해서 묻는다.

"미안. 상처 입혔지. 그때 네 손을 뿌리친 거 후회하고 있어. 네가 무엇을 바라는지 제대로 귀 기울여주지 못한 것을 죽을 만큼 후회하고 있어."

보상할 방법 따위 알지 못하지만, 그럼에도 계속 묻는다.

"왜 그때…."

그제야 겨우 칸바라가 무거운 입을 연다.

"저, 네코 선배를 볼 면목이 없어요…. 그때, 저 어떻게 됐었어요. 갑자기 혼자가 되는 것이 무서워졌거든요. 행복해 보이는 둘의 얼굴을 바라보고 있자니, 저만 혼자 그곳에 남겨진 듯한 느낌이 들어서… 그래서…."

이 녀석을 외톨이로 만든 것은 바보 멍청이인 나다. 학교에 다니게 되었다고는 하지만, 칸바라는 아직 사신의 저주를 완전히 끊어내지 못했다. 칸바라의 눈앞에는 언제나 고독이 손짓하고 있었다. 떨쳐내려고 해도 이 녀석에게는 사신의 환영이 들러붙는다. 줄곧 괴로웠으리라.

그 저주를 푸는 방법은 역시 음악밖에 없다고 생각한다. 그것을 알기에 나는 필사적으로 가사를 빚어낸 것이다. 우리의 소리로 사신의 환영과 맞서기 위해서. 나는 가만히 테이블에 USB를 놓았다.

"뭔가요, 그거?"

"이 안에 신곡 음원이 들어 있어. 너를 위해 쓴 곡이야."

"저는 이제 더는 선배들과 함께할 수 없는데요…."

"너무 서둘러서 결론 짓지 마. 답은 이벤트 회장에서 들려줘. 다음 주 토요일. 출연은 3시부터야. 이 곡과 〈ROSY〉를 할 거니까."

안타깝지만 지금은 이 정도밖에 할 수 없다. 이 이상 내가 이 집에서 칸바라와 할 수 있는 건 없는 것이다.

"오늘은 이걸 건네주려고 왔으니까. 나중 일은 다시 연락할게."

나는 현관으로 향한다. 칸바라는 고개를 숙이고 앉은 채였다.

"꼭 들어줘. 알았지? 그럼 간다."

이날, 마지막까지 칸바라의 눈이 내 얼굴을 바라보는 일은 없었다.

※

찌는 듯한 더위가 이어진다. 8월도 끝이 보이려고 하는데 변함 없이 햇볕이 뜨겁다. 뭐, 모처럼 나가게 된 무대니까, 이렇게 맑은 날씨여서 다행이라고 해야 할까. 우리는 비주얼계 패션으로 주렁주렁 몸을 감싼 채였다. 그래서 더 더울 수밖에 없었다. 엄청나게 더운데도 고스로리 차림을 한 유메사키 선생님은 왠지 기분이 좋아 보였다.

"안 어울려요…."

"죽고 싶니?"

살짝 농담했을 뿐인데 도깨비 같은 표정으로 노려볼 건 뭐람….

우리의 출연은 3시 정각. 전장을 앞에 두고 우리는 짧은 휴식을 취하는 중이었다. 지금은 백야드에서 대기 중이다. 슬슬 출연 시간이 다가오고 있다.

"칸바라, 와주려나?"

아다시노는 아직 다 낫지 않은 다리 때문에 파이프 의자에 앉아 있다.

"올 거야…"

내 말은 닫힌 그 녀석의 마음을 움직여 주었을까?

"그럼, 준비해주세요."

주최자가 말을 걸었다. 리더도 "불사르고 와"라며 웃음을 보인다.

"고맙습니다. 즐기고 올게요."

나는 아다시노의 손을 잡고 그녀를 지탱한다. 목발을 어깨에 끼고 남장 차림의 아다시노가 한쪽 발로 앞으로 나아간다. 특설 스테이지는 어깨 정도의 높이였다. 체육관의 스테이지와 비교하면 한참 부족하다. 이래저래 생각에 잠겨 있는데 선생님이 어깨를 두드렸다.

"너무 신경 쓰지 마. 릴랙스, 릴랙스."

"고맙습니다."

참고로 오늘은 '유메사키 밴드'라는 옛날의 그룹사운드에 있을 법한 촌스러운 이름으로 등록하고 말았다…. 대타로 드럼을 쳐주는 대가로 반대 의견을 낼 수 없었던 것이 원통할 따름이다. 그런데 라이언은 뭔가 진정되지 않는 분위기다.

"왜 그래?"

"아, 그게…."

멍하니 하늘을 바라보며,

"저도 아다시노 선배처럼 그때 무리를 해서라도 스테이지에 섰다면 코토리가 보다 빨리 구원받지 않았을까 하는 생각이 들어서요…."

사자탈의 생글생글 해맑은 표정이 처음으로 울고 있는 것처럼 보였다.

"믿고 기다려보자."

우리는 천천히 스테이지로 오른다. 나는 다리를 다친 아다시노를 파이프 의자에 앉힌 후 기타를 매어준다. 꿈에 그리던 첫 라이브. 도대체 몇 명이 우리의 음악을 듣고 발길을 멈춰줄까. 문득 아다시노의 손으로 눈이 향했다. 그 하얀 손은 잘게 떨리고 있었다. 흥분 때문에 떨리는 것처럼 보이지는 않는다. 그건 분명 처음으로 많은 사람 앞에 서는 공포가 원인이리라.

나는 툭, 아다시노의 머리에 손을 올린다.

"응…? 갑자기 왜 그래?"

"괜찮아. 너한테는 이 부적이 있으니까."

파란 가발. 이것만 있으면 너는 어디에든 갈 수 있어.

"응…. 고마워. 나, 힘낼게."

그렇게 말하더니 아다시노는 미소를 보였다. 그 손은 더는 떨리지 않았다. 등 뒤에서는 유메사키 선생님이 스틱을 툭툭 두드리며 드럼 세트의 상태를 확인하고 있다. 라이언도 평정을 가장하고 있지만 어딘지 침착하지 못한 듯하다. 손목을 꺾고 관절을 풀고 목을 빙글 돌린다. 그것을 몇 번이고 반복한다.

내 마음은 묘하게 차분하다. 예를 들면 폭풍우 전의 고요라고 할까. 통행인이 몇 명 발길을 멈춘 채 우리를 살핀다. 누가 공연을 하는지 품평을 하고 싶은 거겠지.

죽느냐 사느냐 그건 자신에게 달렸다. 우리의 라이브가 이 관객들에게 통할 수 있는지 승부를 걸 때다. 쓰읍, 숨을 들이마신다.

그리고 나는 말을 꺼낸다.

"아, 안녕하세요. 유메사키 밴드입니다…."

정말로 볼썽사나운 이름이다….

"오늘 저희는 처음으로 사람들 앞에서 공연합니다."

모두 가만히 귀를 기울인다. 지금은 그것만으로도 충분하다.

"보시는 대로 저희는 비주얼계 밴드입니다. 아, 한 명, 이상한 녀석이 있지만, 신경 쓰지 마세요."

라이언을 놀렸더니 반응이 좋았다. 관심을 끄는 데는 성공했다. 하지만 아무리 웃음을 만들어냈다고 해도 그건 의미가 없다. 우리가 이 자리에서 열기를 일으키는 건 음악이 아니면 의미가 없으니까.

MC 따위 사실은 필요 없지만, 우리는 시간을 벌지 않으면 안 된다. 아직껏 칸바라의 모습은 보이지 않는다. 멤버도 불안하게 주변을 둘러본다. 그럼에도 믿고 있다. 그 녀석은 어딘가에서 우리를 보고 있을 거라고.

"자, 그럼, 지금부터 부를 노래는 저희가 직접 작사, 작곡한 곡이라 입맛에 맞을지 잘 모르겠지만… 소중한 친구를 생각하며 쓴 곡입니다. 그럼…, 들어주세요."

슬슬 할 말도 다 떨어져버렸다. 그리고 무정하게도 타임리밋이 찾아온다. 칸바라는 나타나지 않는다. 하지만 시간 관계상 더는 버틸 수 없다. 나는 마이크에서 얼굴을 떼고 아다시노에게 말을 건다.

"아다시노, 괜찮겠어?"

사람들 앞이 거북할 텐데도 소녀는 고개를 끄덕인다. 이 녀석은 남장이라는 허세를 걸치고 무대에 올랐다. 생각해보면 아다시노는 내 눈앞에서 자신의 트라우마를 몇 번이고 극복해 보였다. 그 정열에 마음이 움직인 내가 스테이지 한가운데에 이렇게 서 있다. 우리는 비주얼계. 가령 이것이 가짜 모습의 나라고 해도, 이 장소에 뛰어든 용기는 진짜이기에 두려워할 것은 아무것도 없다.

유메사키 선생님의 드럼 카운트가 시작됐다. 나는 마이크를 쥔다. 그리고 배에 힘을 집어넣은 참에 이변을 깨달았다.

이상해…. 아무것도 들리지 않아. 갑작스레 주변 소리가 사라져 버렸어.

멤버가 연주를 시작했다는 것은 진동으로 전해져 온다. 날림으로 만들어진 스테이지는 베이스 드럼의 킥만으로도 생각한 것 이상으로 삐걱거리니까. 그런데 왜 아무것도 들리지 않는 거지?

관객이 사라져가는 환상이 머릿속으로 떠오른다. 분명 그것이 내 귀에서 소리를 빼앗아간 범인이다.

기다려줘. 지금, 어디까지 진행된 거야? 눈앞이 새하얗고 졸도할 것만 같다. 돌아보자 선생님의 입이 무언가를 말하는 것 같다. 하지만 정작 소리는 귀에 들어오지 않는다.

심상치 않은 땀이 솟아 나온다. 숨이 쉬어지지 않는다. 과호흡이 온 것만 같다. 아다시노는? 아다시노는 괜찮은 건가? 바라보자 아다시노도 손을 멈추고 있다. 최악의 사태다.

분명 지금 드럼과 베이스라는 리듬 군단만이 이 스테이지에서 소리를 내고 있으리라.

무서워. 무서워. 무서워. 무서워. 무서워. 무서워. 무서워. 무서워… 내게는 이 스테이지에 함께 선 동료가 있다. 그런데도 고독이 마음을 좀먹어 간다. 그날의 건조한 박수 소리는 들려오는데, 왜 모두의 연주가 들리지 않는 거지? 무척이나 긴 공백이 덮쳐온다. 어떻게 저항해야 할지 알 수 없다. 적어도 소리가 필요했다.

칸바라를 구하기는커녕, 나는 자신조차도 구할 수 없는 건지도 모른다. 고열이라도 나는 것처럼 이빨이 딱딱 부딪치고 몸이 떨리기 시작했다. 내려가고 싶다. 지금 당장 이 스테이지에서 도망쳐버리고 싶다.

곧장 그 악몽의 재현이 벌어진다. 한 명, 또 한 명. 통행인은 뿔뿔이 흩어져 간다. 이래놓고 리벤지를 하겠다고 으스대고 있었다니 우스울 뿐이다.

깨끗이 포기하자….

나는 마이크에서 손을 뗐다. 모든 것을 던져버리려고 하던 바로 그때였다.

"뭐 하는 거야! 정신 차리라고!"

크게 울려 퍼진 목소리에 관객이 놀라 몸을 비튼다. 그 목소리의 주인공이 누구인지는 금방 알아챌 수 있었다. 사신이라 불리는 그 소녀. 언제나 독설로 나를 압도하는 그 녀석.

그렇다. 칸바라는 와주었던 것이다. 칸바라는 깊숙이 모자를 쓰고 한쪽 눈을 안대로 가리고 있었다. 제대로 남장을 갖춘 전투 태세. 드럼을 칠 생각으로 머릿속이 가득한 거 아니야?

"나한테 들려주려고 만든 거잖아? 그러기 위해 쓴 곡이잖아? 그럼 말이야…."

칸바라의 목소리는 희미하게 떨리고 있었다. 완고한 눈동자로부터 흘러넘칠 것 같은 감정을 억누르려는 듯.

"불러달라고!"

절규가 푸른 하늘을 뚫고 울려 퍼진다. 그 목소리가 용기로 변하여 멤버에게 겨우 미소가 돌아온다. 덮쳐오던 공백은 우리가 높게 뛰어오르기 위한 도움닫기였을지도 모른다.

아다시노의 손가락도 겨우 움직이기 시작했다.

들려온다.

유메사키 선생님의 퉁명스러운 드럼 소리가.

들려온다.

라이언의 위태로운 중저음이.

돌려온다.

몇 번이고 옆에서 들었던 아다시노가 연주하는 포효가!

들려줄게.

노래를 잊은 카나리아에게 우리의 메시지를!

"무형의 악의가 만연하는
이 세상은 지옥
에세트라가 짓밟는
프라이버시"

아다시노가 연주에 몰두하고 있다. 격하게 의자가 흔들리는 것 따위 신경도 쓰지 않는다. 고개를 흔들며 난폭하게 온몸을 움직인다. 다친 다리에 영향은 없을지 신경 쓰일 정도다. 아다시노의 기타가 울고 있다. 너를 상처 입힌 것을 후회하는 것처럼.

모두가 내 말을 음미한다. 너한테는 일상이 지옥 같았을 거야. 그래서 우리는 마음으로부터 너를 구하고 싶다고 생각했어.

"너는 나쁜 아이어서 사신이지
스캔들이 불을 붙인
닉네임"

처음에는 엉망이었던 라이언의 베이스가 본래의 기세를 되찾아 가기 시작한다. 중심을 낮게 낮추고 얼터네이트 피킹으로 격하게 현을 튕긴다. 가끔 카운팅을 실수하기는 하지만, 그런 거 사소한 일일 뿐이다.

농후한 영혼의 율동은 친애하는 친구에게 보내는 초대장. 함께 연주하고 싶은 녀석이 있다. 그렇기에 라이언은 일사불란하게 베이스를 연주한다.

칸바라. 네가 짊어진 그 말도 안 되는 닉네임을 우리가 없애줄게. 너와 아픔을 함께 나누고 싶은 녀석들이 이 스테이지에 모여 있으니까!

"아빠를 모욕하는 녀석들을

나는 용서 못 해
울며 사과할 때까지
부숴버리고 싶어"

유메사키 선생님의 드럼이 터져 나온다. 울려 퍼지는 심벌이 잘게 조각난 나이프처럼 공간을 찢는다. 이어지는 경쾌한 스네어의 연타. 드럼롤이 나를 개방적인 세계로 보낸다.

여기부터가 곡의 하이라이트다. 얼마 안 있어 후렴이 찾아온다.

우리는 이 수십 초의 분위기를 띄우기 위해 몸을 깎아가며 이곳에 서 있다.

칸바라. 나는 네 과거를 라이언한테 들었어. 분했겠지. 정말로 눈앞의 모든 것을 부숴버리고 싶다고 생각했겠지. 지금까지는 네 아픔을 상상해서 네 분노나 안타까운 마음을 빚어내봤어. 지금부터 나오는 후렴으로는 내 마음을 전하고 싶어. 내 본심이 담긴 말을.

하나의 악곡 안에 칸바라와 우리가 행하는 콜&리스폰스.

그러기 위해 음원을 건넸다. 네가 노래를 부를 수 있도록.

이 노래에 응할 수 있도록!

나는 소리를 냈다.

"카나리아
노래 부르자
너의 아이러니 따위
진심으로 받아들이지 않으니까

봉화를 올리자"

닿고 있을까, 칸바라.
그날의 보상을 지금 여기서 할게.

"카나리아
너를 가둔
새장을 버려"

이 눈에 새겨진 그 아름다운 불꽃을, 언젠가 다시 보러 가자.
그때는 세 명이 손을 잡고 바보처럼 웃는 거야.
너를 더는 외톨이로 만들지 않아.
　만약 네가 또 그 어두운 방에 틀어박히는 날이 오더라도, 그 울음이 그칠 때까지 곁에 있어 줄게.
　울어, 칸바라 코토리. 이 경쾌한 하늘 아래, 네 목소리를 드높이 울려줘!

"울려 퍼지는 고동을
보다 더 높게
흔들어줘
카나리아"

관객 수가 늘어나기 시작한다. 처음부터 발을 멈추고 있던 몇 명이 박수를 보내자, 그 진동이 순식간에 퍼져나갔다. 그때 아다시노가 울부짖었다. 귀를 사로잡는 기타 리프에 베이스의 묵직한 음량이 싸움을 건다. 하지만 두 명의 싸움은 선생님의 드높은 비트에 깨져서 비주얼계 특유의 탐미한 멜로디 라인에 잡아먹힌다. 멜로디어스한 합주가 끝나자, 아다시노가 서둘러 커팅을 선보인다. 즐겁다. 즐겁다고. 밴드라는 거 엄청나게 재밌잖아!

왜 그때의 나는 그런 비참한 기억에 시달리게 된 걸까?

역시 음악은 보잘것없지 않아. 밴드라는 건 최고야!

여기에 모인 우리는 전하고 싶은 누군가를 향해 각자의 소리를 연주하고 있다고!

"카나리아

외치자

말로는 부족하니까

소리로밖에는 말할 수 없어

서로를 상처 입힐 뿐"

맞아. 말로는 부족하니까 나는 노래 부른다.

재치 있는 말을 건넬 수 없으니까 소리를 내는 거야.

소중한 것은 언제나 이 멜로디 안에 숨겨져 있어.

"카나리아

부탁이야

너의 진심

들려줘"

이미 진심 따위는 듣지 않아도 알고 있지만.

네가 이곳을 찾아와주었다는 것은 네가 마음을 정한 거라고 봐

도 되겠지.

칸바라? 얼른 스테이지로 올라와. 머리를 텅 비운 채 함께 날뛰

자!

"인연이 풀린다면

신발끈처럼

다시 묶으면 돼

카나리아"

네 드럼으로 이 몸을 떨리게 해줘.

인연이 풀린다면 음표의 실로 다시 묶을 테니까. 네 소리를 우

리는 두 번 다시 놓지 않을 거니까.

이 스테이지 위에서 함께 폭음을 터뜨려보자고.

—같이 노래 부르자, 코토리!

연주가 끝나도 사람들의 웅성거림이 멈추지 않는다. 끊임없는

환호가 무대로 날아든다. 우리를 바라보기 위해 어느샌가 수십 명

의 사람이 멈춰 서 있었다.

앙코르. 처음으로 귀로 들은 그 목소리는 가슴을 뜨겁게 했다. 눈물샘이 터졌다. 꽉 쥔 마이크를 가슴에 대고, 나는 잠시 여운에 빠졌다.

"자, 그럼 내 역할은 끝났네."

유메사키 선생님이 몸을 일으켜서는 보도 쪽으로 내려갔다. 인파를 헤치고 나가 울먹거리는 한 명의 소녀 앞에 선다.

"어이, 앙코르야."

칸바라에게 스틱을 건넨다. 칸바라는 소매로 쓱쓱 눈가를 문지르고는,

"흥! 당신이 그리 말하지 않아도 그렇게 할 거라고!"

선생님의 손에서 난폭하게 스틱을 빼앗더니 이쪽으로 걸어오기 시작한다. 그것을 본 라이언이 어깨를 으쓱거린다. 나는 웃으며 칸바라를 받아들인다.

"분위기는 띄워 놨으니까."

고개를 한번 끄덕이더니 옆을 지나가며 칸바라가 한 마디를 중얼거렸다.

"다녀왔어…."

울음이 터질 것만 같았다.

"응, 어서 와…."

그저 간단히 인사를 나눈 것뿐. 하지만 그것이 견딜 수 없이 기뻤다. 그 후 칸바라는 아다시노의 앞에 서서 고개를 숙인다.

"다치게 해서 미안해…."

"아니야. 칸바라 탓이 아니니까. 나쁜 건 전부 사신."

아다시노가 윙크한다. 칸바라의 얼굴이 활짝 펴졌다. 역시 미소
년 고양이님이다. 재치 있는 말을 던질 줄도 알고. 아다시노가 다
친 몸에도 불구하고 이 스테이지에 선 의미를 칸바라도 이해해준
것이리라.

분명 전해지고 있다. 그렇지 않다면 칸바라의 눈동자에 지금의
눈물은 떠오르지 않았을 것이다. 칸바라가 준비하는 모습을 바라
보면서 나는 관객에게 말을 걸었다.

"그럼, 앙코르에 응해서 한 곡 더 불러도 될까요? 모두, 들어주
세요! 우리 네 명이 함께 부르는 첫 곡입니다! 〈ROSY〉!"

귀에 익숙한 드럼이 무대를 울렸다. 태양이 아스팔트를 뜨겁게
달군다. 로큰롤의 폭음이 신기루처럼 녹아내린다. 칸바라를 괴롭
혀 온 사신의 검은 그림자는 따분한 듯 파란 하늘로 날아오른다.
사신의 전면 항복. 사람의 불행을 사냥해 온 낫은 길바닥 위로 힘
없이 떨어졌다.

과연 우리는 칸바라를 구해낸 걸까. 그건 지금부터의 미래가 증
명해줄 것이다. 목소리를 크게 울리며 맑고 깨끗한 파란 여름 하
늘에 노래를 울린 카나리아.

음악은 마법이다. 다른 무엇으로도 채울 수 없었던 상처를 이렇
게나 간단히 채워간다. 드높여 부르자. 앞으로도 계속. 이 폭음은
언제든 우리의 아군이 되어주리라.

"ROSY

대답해 줘

ROSY

왜 너는

이렇게도 덧없는지…"

　음악이란 덧이 없다. 몇 분간의 꿈을 겹겹이 쌓아 올린 공간. 그저 몇 시간의 꿈과 같은 무대.

　태어나면 죽는다. 당연한 도리다.

　하지만 끝나는 것을 알면서도 사람은 음악에서 꿈을 찾는다. 그렇기에 아웃트로가 끝나버린다면 몇 번이고 다시 앙코르를 외치면 된다. 관객이 계속해서 요구하는 한 음악은 끝나지 않는다.

　—로큰롤은 멈추지 않는다

LIGHT MY FIRE

리더의 마음 깊은 배려 덕에 우리는 네 명이 다시금 무대에 설 기회를 얻게 되었다.

"역시 다 같이 모여서 제대로 한번 해보고 싶지 않아?"

아무래도 우리의 퍼포먼스를 좋게 봐준 것 같았다. 그 길거리에서의 라이브 이후 4일 정도 지난 여름방학 마지막 날, 우리는 리더가 이끄는 밴드의 라이브 공연에 게스트로 초대받았다. 물론 거절할 이유는 없었다.

한여름 야외의 뜨거운 햇살. 매미가 마지막 힘을 짜내듯 울어대고, 반팔 차림의 관객들이 옷을 적실 정도의 열기. 환호와 연주가 싱크로 됐을 때 울렸던 그 노이즈가 주는 감동은 지금껏 맛본 그 어떤 것보다도 우리를 만족시켰다.

라이브라는 말을 듣는 것만으로도 그 고양감이 되살아난다. 유메사키 선생님이 휴대폰으로 찍어준 우리의 길거리 라이브 연주를 큰마음을 먹고 '밴드하자!'에 영상을 올렸는데 큰 반향을 얻었다. 인기 밴드의 동영상이라면 당연히 조회 수가 1만을 넘기는 건 예사인데 무명 밴드의 동영상은 겨우 백 번 정도 재생되어도 후한 축에 속했다. 그런데 우리의 동영상은 단 4일 만에 2천에 이르는 조회 수를 기록했다. 인기 밴드의 재생 횟수에는 턱없이 부족하지만, 그래도 자신감을 가져도 좋지 않을까?

다만 그 라이브가 완벽했던 것은 아니다. 나는 칸바라와 '카나리아'를 부르고 싶었다. 그것이 내내 아쉬움으로 남았다. 리더는 그런 내 마음을 꿰뚫어 본 듯했다. 얼굴은 무섭지만 사실은 좋은 사람이다.

내 리벤지 상대. 문화제 라이브까지 한 달도 채 남지 않았다. 이건 그 전초전이 되리라. 생각해보면 지금까지 우여곡절이 많았다. 남장 차림의 이상한 녀석이 교실에 나타나서 비주얼계 밴드를 만들자고 해 우리는 밴드가 되었고, 그로 인해 다양한 사람들을 만날 수 있었다.

탈을 뒤집어쓴 베이시스트. 입이 걸걸한 드러머. 길거리 라이브에 협력해준 사람들과 밴드를 계기로 이야기를 제대로 나누게 된 유메사키 선생님. 아다시노를 만나지 않았다면 나는 지금도 그 교실에 혼자 우두커니 남겨져 있었으리라. 이런 상쾌한 기분으로 오늘을 맞이할 수도 없었을 거다. 이것이 내가 스스로 내디딘 두 번째 발걸음이다.

아다시노의 골절도 경과가 좋은 듯해서 안심이 되었다. 애초에 그렇게 심한 부상이 아니라 목발은 더 필요치 않다는 진단이 내려졌다. 한때는 정말 어떻게 되는 건 아닌지 걱정했지만… 결과적으로 보면 아다시노의 부상이 있었기에 우리의 결속은 더욱 단단해진 것인지도 모른다.

우리는 이제 더는 유메사키 밴드라는 이름을 쓰지 않는다. 아다시노는 트라우마를 극복했고 칸바라는 사신의 그림자를 떨쳐냈다. 결국 스스로의 과거와 마주하지 않으면 안 된다는 것을 우리는 깨달았다. 그런 이유로 이 밴드에 가장 어울리는 이름을 다시 붙여줬다.

'GHOST'

이름을 붙인 건 나. 각각의 트라우마를 망령에 빗댄 비유적인 표현이다. 그리고 이제 마지막으로 그 스테이지에 남겨진 내 망령을 구하러 갈 차례이다.

기다려, 내 깨진 조각이여. 앞으로 한 달 후에는 너한테도 이 목소리를 전해줄 테니까.

※

라이브 하우스. 관객으로는 몇 번이고 방문한 적이 있는 곳이다. 하지만 연주자로서 발을 들이는 것은 태어나서 처음이다. 플로어 안은 술과 담배 냄새로 가득 차 있었다. 먼지투성이라 나도 모르게 기침이 나온다.

도착 후, 곧장 대기실로 향했다. 화장대 앞에 의자가 어지럽게 놓여 있었다. 그 밖에는 짐을 올려놓는 선반이 있을 뿐, 그야말로 아무 멋도 없는 그런 곳이었다. 세 평 정도의 갑갑한 공간. 그래도 벽 한쪽에 새겨진 무수한 낙서에서는 세월이 고스란히 느껴졌다.

천장에 매달린 모니터는 관객이 입장하지 않아 텅 빈 플로어를 비추고 있다. 별생각 없이 들여다보는데 개장 시간에 맞춰서 가장 앞 열에서 공연을 보고 싶어 하는 사람들이 달려 들어오는 모습이 보였다.

관객이 들어오는 영상이 어쩐지 초조함을 불러일으켜 우리는 대기실에서 나왔다. 그리고 무대 옆에서 공연이 열리는 시간을 조용히 기다린다.

무대 옆에 서자 긴장감이 가속한다. 두 다리가 달달 떨려 온다. 심장은 육지에 던져진 살아있는 생선처럼 마구 뛰어댄다.

과거의 문화제 라이브. 그때의 나는 무대에 오르기 전에 어떤 기분이었을까. 잊고 싶은 과거라 기억 속 꽁꽁 봉인해 두어서인지, 지금은 떠올리려 해도 아무것도 떠오르지 않았다.

지난 길거리 라이브는 칸바라의 건이 있어서인지 긴장감을 얼버무리고 잘 넘어갈 수 있었다. 하지만 오늘은 다르다. 라이브에 대한 부담감으로 맹렬하게 구역질이 엄습했다. 모처럼 모니터에서 도망쳐 왔는데, 가차 없는 중압감이 덮쳐온다.

다른 멤버는 괜찮을까? 각각의 얼굴을 천천히 둘러본다. 화장을 한 모두의 얼굴색은 화려했기에 얼굴색만으로는 심정을 읽을 수 없었다.

칸바라는 이런 자리가 익숙한 듯했다. 상쾌한 얼굴을 한 채 무릎으로 리듬을 맞춰보고 있다. 라이언은 에어 베이스를 켜고 있다. 스테이지에 올랐을 때의 이미지 트레이닝을 하는 듯했다. 아다시노는 다친 발목을 바닥에 천천히 돌리면서 "좋아" 하고 크게 끄덕였다.

겁을 먹고 있는 건 의외로 나 한 명뿐인 듯했다. 모두의 믿음직한 표정을 보고 조금 마음이 편해졌다.

―리벤지.

어디까지나 오늘은 그 리벤지의 통과점이다. 문화제 스테이지에 박제된 그 광경을 지우고 이제 새로운 이야기를 써나가야 한다. 뭐가 어떻게 되더라도 거기까지 닿아야만 한다. 아니, 이 네 명이라면 내 리벤지는 약속된 것이나 다름없다.

눈을 감자 뙤약볕 아래서 울려 퍼졌던 그날의 연주와 열기가 떠오른다. 솟구치는 땀, 울려 퍼지는 폭음, 드높아가는 목소리가 모든 것이 끝나가는 여름을 장식했다. 밴드가 노래를 부르고, 관객이 함성으로 답한다. 회장을 감싼 광기가 무대로 옮겨지고 밴드가 그것을 다시 관객에게 되돌려 보낸다.

콜&리스폰스. 밴드가 아니면 맛볼 수 없는 상호 작용이다. 일상과는 다른 세계. 네 명의 연주로 이곳에 그 열광을 재현해야만 한다!

"그럼, 너희들 잘 부탁할게! 회장을 뜨겁게 달궈달라고!"

리더가 우리에게 공연의 시작을 알린다.

"알겠습니다. 맡겨주세요!"

긴장을 억누르고 나는 미소로 답한다.

리더는 무언의 미소를 지으며 엄지를 들어 올렸다.

"자, 가자!"

내가 말하자 누가 먼저라고 할 것 없이 손을 내민다. 겹쳐지는 네 명의 손. 이 손이 지금부터 이 라이브 하우스에 불을 지필 것이다.

"가자!"

내 구호에 맞춰서 모두의 손이 올라간다. 동시에 플로어에 사운드 이펙트가 흐른다. 이건 아다시노가 정했다. '우미츠키'의 반주곡. 서정적인 선율에 우리의 기분도 들떠온다.

"그럼 먼저 올라갈게요."

처음으로 스테이지로 향한 것은 가장 오른쪽 자리의 라이언이다.

"응. 즐겨보자."

이쪽으로 살짝 고개를 끄덕이더니 라이언은 무대로 향했다.

이어서 튀어나간 것은,

"내가 함께 있으니까, 너는 나들이 배를 탄 기분으로 있으면 돼!"

"아니, 가라앉을 거 같은데, 그 배…."

장난기 섞인 얼굴을 보이며 사신은 스틱을 손가락으로 솜씨 좋게 돌리면서 무대로 올랐다.

"그럼, 이번엔 내 차례야."

더는 그 무렵의 겁쟁이 소녀 같은 모습은 조금도 찾아볼 수 없었다. 네가 없었다면 이 밴드는 산고를 울리지 못했을 거야. 아무리 감사해도 부족한 내 은인. 처음에는 이렇게 큰 무대에서 연주할 수 있으리라고는 생각지도 못했다. 교탁 정도의 높이에서 떨던 녀석이다.

"다리는 정말로 괜찮은 거야?"

"응. 다리는 이제 괜찮아. 그러니까 제대로 보여주고 오자. 우리의 진짜 실력이 얼마나 대단한지 말이야!"

믿음직한 한 마디에 나는 안도한다. 아다시노의 다리는 전혀 떨리지 않았다.

"그래, 한번 해보자!"

고개를 끄덕인 아다시노가 허리에 찬 스카프를 휘날리며 무대로 올라섰다. 꼬리 액세서리가 흔들려서 마치 기뻐하고 있는 것처럼 보였다. 결국 무대 옆에는 나 혼자 남겨지고 말았다.

어둑한 무대 옆에서 바라보는 그들의 옆얼굴은 참으로 당당하고 아름다웠다. 메이크업을 하고 특이한 옷을 두른 우리는 마치 공상의 세계에 사는 사람처럼 보였다.

비주얼계는 마법이다. 과거의 상처를 숨겨서 다시 태어나기 위한 변장. 어떤 의미에서는 그건 자신의 나약함을 가리기 위한 수단이라고 말할 수 있을지 모른다. 하지만 그렇게라도 용기를 내 내디딘 걸음을 누군가에게 비난받고 싶지는 않다. 겉으로는 아무리 형편없어 보일지 몰라도 우리는 발버둥 치며 나아가고 있는 것이니까.

그렇게 상처를 받았음에도 다시 스테이지에 서는 이유는 나도 잘 모르겠다. 사람들이 바라는 것은 언제든 형태가 없는 것이니까.

하지만 나는 보고 싶다. 이 꿈에 색이 물드는 순간을. 그때 잃어버린 나 자신의 색. 그 생각을 삼킨 후, 이윽고 나는 걸음을 내디딘다. 가능하면 객석을 보지 않으려 애쓴다. 별로 먼 거리도 아님에도 이상하리만큼 무대가 멀게 느껴진다.

먼저 자리를 잡고 있던 멤버들이 내가 올라오는 것을 지켜봐준다. 나는 눈짓을 보내는 아다시노의 앞을 가로질러 센터 마이크 앞에 섰다. 파란 기가 도는 스포트라이트가 눈부셔서 순간적으로 눈앞이 하얘진다. 뱃속에서 공포가 밀려온다. 관객이 자리를 떠나는 환상이 몇 번이고 눈앞에 나타났다가 사라진다. 두려워하며 눈꺼풀을 들어 올린다.

"우오!"

그동안 보지 못했던 경치가 보였다. 어둑한 플로어에 가득 찬 사람들. 얼핏 봐서 100명. 아니, 150명 정도 될까? 길거리 라이브보다도 많은 관객 수. 이 중에 몇 명이 우리를 보러 와준 건지는 알 수 없다. 그래도 동영상의 효과가 있었는지 'GHOST!'라는 환호도 들려 왔다.

"관객 수가 장난 아니네…. 말도 안 되는 풍경이야…"

나도 모르게 감탄의 소리가 흘러나온다. 하지만 감회에 잠길 틈도 없이 등 뒤로 오한이 일었다.

〈너만 행복해지겠다는 거야?〉

어? 농담이지? 네가 나서기에는 조금 빠른 것 아니야…?

틀림없다. 그 녀석의 기척이 느껴진다. 1년 전, 체육관에 남겨진 그 녀석이다….

내가 돌아보고자 몸을 뒤튼 순간…, 시야가 깜깜해진다.

묘한 감각이었다. 천천히 어두운 막이 내려온다. 이윽고 주변은 검게 물들고 코르타르 같은 색으로 바뀐 세상에는 그날의 리플레이가 흐르기 시작한다.

잡담으로 가득 찬 객석. 한창 노래를 부르는 와중임에도 실소가 흘러나온다. '화장실 갔다 올게', 같은 말을 중얼거리며 자리를 뜨는 사람들 '나도 갈래', 하며 따라나서는 한 명. 또, 한 명. 그리고 또 한 명. 이상하다. 나는 라이브 하우스에 있었는데, 그런데 왜 지금은 체육관인 거지?

"그만해…"

명백하게 관객 수가 줄어들자 내 심장 고동이 격해진다. 하나하나 숫자를 셀 여유도 없었다. 순식간에 플로어에서 사람들이 완전히 사라졌다. 아무도 없는 살풍경한 체육관. 그런 참상에 마음이 찢겨 내릴 것만 같다.

"그만해! 그만하라고!"

참지 못하고 튀어나온 절규를 마이크가 담아낸다. 킹, 하고 높은 하울링이 일어났다. 의식이 돌아온다. 왜인지 거기는 원래 있던 라이브 하우스였다.

"괜찮아…?"

아다시노가 걱정스러운 듯 쳐다본다. 플로어가 이상하게 소란스럽다. 수상한 사람을 바라보는 듯한 관객의 시선이 따가웠다. 심하게 숨이 찼다. 맥박이 이상하게 뛰고 있다. 하지만 악몽은 끝나지 않았다.

〈나를 보고도 못 본 척 버린 주제에, 또 자신만 밴드를 만들다니 참 속도 편하네?〉

미끄덩. 생기가 느껴지지 않는 하얀 살결이 얼굴을 내비친다. 등 뒤에서 휘감아오는 환영. 내 망령. 그날의 내 알맹이.

〈홋! 보여달라고! 오늘이야말로 진짜 모습이려나?〉

망령이 불길한 빨간 빛이 되어 내 다리를 나선형으로 휘감는다. 천천히 본래의 형태로 되돌아가 납작 엎드린 채 내 허벅지를 붙잡는다. 텅 빈 눈동자가 희미한 미소를 띤 채 나를 도발한다.

〈그럴 리 없겠지! 한 마리 늑대인 너한테 친구 따위 생길 리 없으니까!〉

한 마리 늑대. 그 프레이즈에 마음속이 크게 삐걱거렸다. 내가 당황해하는 사이에 플로어의 열기가 차갑게 식어간다. 빨리 만회해야 한다고는 알고 있지만, 목소리가 나오지 않는다. 마치 꼭두각시가 된 것처럼 착각할 만큼 손과 다리가 움직이지 않았다.

"뭐야, 들러리인 주제에 빨리하라고!"

누군가의 야유가 기점이 되어 노성이 연달아 튀어나온다. 이번에는 환상 따위가 아니다. 많은 관객이 나를 향해 욕을 내뱉는 견디기 어려운 현실이 눈앞에 펼쳐졌다. 온몸의 떨림이 멈추지 않는다. 나는 또 비참했던 그날을 되풀이하는 건가?

뭐가 히어로란 말인가. 어처구니가 없다. 모두가 트라우마를 뛰어넘었는데 나만 아무 성장도 하지 못한 것 아닌가? 앞에서만 크게 떠들었지, 결국 아무것도 이룩하지 못한 거다. 내 리벤지는 이렇게 어설픈 형태로 막을 내리게 되는 건가?

─나는 결국 과거의 자기 자신조차 구하지 못하는 건가?

망령이 승리를 따낸 것처럼 크게 웃는다. 아, 게임 오버. 목소리가 몸의 안쪽 깊은 곳에 가라앉는 것을 느꼈다.

나는 다시 목소리를 잃었다. 더는 목이 열리지 않는다. 노래를 부르기는커녕 인사말조차 제대로 할 수 없었다. 부르르 입술을 떨기만 할 뿐, 멤버들에게 사죄조차 하지 못하고 있다. 망령의 승리다.

이런 추태를 벌이고 만 나는 다시 한 마리 늑대로 돌아가게 되리라….

정말로 형편없다. 항복이다. 백기라고. 저항할 기력조차 잃고, 멍하니 온몸에서 힘이 빠졌다. 하지만 그때였다. 노호를 찢어내는 하이햇의 진동이 분노로 들끓는 손님의 입을 다물게 했다.

　아니, 다르다. 이 녀석의 화가 관객의 분노를 뛰어넘은 것이다. 드높은 반향이 남아 있는 가운데, 놀라서 나는 뒤를 돌아본다. 단호한 사신이 압도적인 시선으로 나를 노려본다.

　"겨우 제정신으로 돌아왔어? 뭐 하는 거야! 너, 정말로 사람 말도 모르는 원숭이야? 아니잖아! 대답하라고! 너, 나한테 말하지 않았어? 그 비가 오는 날에! 히어로가 되고 싶다고!"

　칸바라의 도발은 점점 기미를 더해 간다. 그야말로 분노에 가득 찬 것처럼 나를 질책한다.

　"그때 나를 쫓아와 줬잖아! 축제가 끝난 후에도 마찬가지고! 언제고 너는 나를 버리지 않았어! 그래서 나는 여기에 있어!"

　칸바라의 눈에는 언제부터인가 눈물이 맺혀 있었다.

　"너한테는 아무리 감사해도 부족하다고! 나한테 있어서 너는 이미 히어로야! 그러니까 나는 너와 〈카나리아〉를 연주하고 싶다고!"

　―노래 불러줘!

　후우, 하고 숨이 흘러나왔다. 또다시 저지를 뻗하던 참이야. 칸바라, 고마워. 생각해보면 그때도 같은 외침이었지. 덕분에 눈이 떠졌다. 옆에서 라이언이 미소 짓는다. 변함없이 해맑은 얼굴이다.

"오카미 선배, 걱정할 필요 없어요."

아다시노가 말을 잇는다.

"우리가 함께할 테니까."

한줄기 눈물이 볼을 타고 흘러내린다. 그렇다. 나는 친구들과 함께 있다. 더는 한 마리 늑대로 돌아가지 않는다.

"너희, 화장이 지워진다고…."

믿을 수 있는 친구들 덕에 해야 할 일을 떠올릴 수 있었다. 발밑에는 망령이 시치미를 떼는 얼굴로 굳어 있다. 아, 너는 거기서 얌전하게 듣고 있어. 지금부터는 내가 한 방을 터뜨릴 차례니까. 바란다면 들려줄게. 기다리던 진짜 노래를!

식어버린 플로어에 다시금 열기를 불러일으키는 건 쉽지 않은 일이리라. 하지만 불가능하지만은 않을 테다.

"모두, 미안해요. 잠깐 들어주었으면 합니다."

나는 관객에게 말을 건다.

"저, 전에도 밴드를 만든 적이 있었는데, 그때는 정말로 관객이 없었어요. 솔직히 힘들었죠. 그래서 지금 그 트라우마가 떠올라 머릿속이 이상해졌었어요."

조용해지는 플로어. 발밑에서 맴도는 과거의 내가 이를 갈며 분해한다.

"저, 제 목소리가 너무 싫었어요. 화장이라도 하지 않으면 얼굴도 형편없고요. 그래서 이런 모습을 하고 있어요. 보면 알겠죠? 우리가 비주얼계 밴드라는 것."

비주얼계. 그것이 정말로 멋진 것인지는 나는 아직 알지 못한다.

하지만 이제 이름을 밝히리라. 우리는 비주얼계 밴드, GHOST다.

"지금, 이 플로어에서 자기 자신이 정말 싫은 사람이 있다면 손을 들어주세요."

몇 명인가 손을 들었다. 자기 자신을 좋아하지 않는 사람도 의외로 많구나.

"좋아요. 지금 손을 들어준 사람들 전부, 우리가 구원해줄게요!"

나는 칸바라를 돌아본다. 이 고요해진 공기를, 우리의 폭음으로 찢어내 버려야 한다. 금발 소녀가 고개를 끄덕인다. 그리고 나는 다시 플로어 쪽을 바라본다.

"들어주세요! 누군가를 구하기 위해 만든 곡입니다! 카나리아!"

드럼 카운트가 시작된다. 나는 손가락으로 시간을 카운트한다. 첫 번째, 두 번째, 세 번째 손가락을 들어 올린다. 그것이 신호다. 요란한 파열음이 플로어를 가른다. 그건 멤버 전원의 열기가 소리로 겹쳐진 결과. 위풍당당하게 소리로 각자의 의지를 드러내며 자신의 존재를 주장한다. 내 실수를 만회하기 위해 멤버들은 악기에 전력으로 힘을 불어넣는다.

특공대장은 아다시노의 기타다. 억누른 현을 능숙하게 울리면서 비브라토를 전개하는 현란한 플레이로 외면 중인 관객에게 정면으로 승부를 건다. 마치 호랑나비가 날아오르는 순간처럼 시원스레 하늘로 날아오르는 기타 리프.

이어서 라이언의 다운 피킹이 터져 나온다. 빨간 천에 반응하는 투우처럼 저돌적으로 달려드는 베이스음은 아다시노의 덧없는 기타 리프에 스며든다. 그리고 이내 앞으로 달려나가는 라이언의 고삐를 칸바라가 잡아당긴다. 심벌의 잔상이 파도처럼 흔들린다. 스틱이 휘어지며 탐을 두드리고 하이햇을 베어냈으며, 자유분방한 발로는 베이스드럼을 차서 울렸다.

삼인 삼색의 연주가 확실히 맞물린 이 인트로 덕에 관객의 분위기가 일변한다. 쑥, 하고 하나의 팔이 위로 올라온다. 그건 마치 건강하게 피어나는 해바라기처럼 보였다.

이를 따라서 차례로 올라가기 시작하는 팔. 한 명, 또 한 명. 주먹의 꽃이 피어나기 시작한다. 그리고 벚꽃이 만개하여 절정을 맞이하자, 뜨거운 비트가 가속한다.

나는 구역질을 느끼며 마이크를 감싸쥔다. 필요하다면 내가 주겠어! 우리가 내뱉는 열기를 이 스테이지로 잡으러 오라고!

"가해자가 읽는 뉴스는
히스테릭하네
방사한 네거티브가
폭주하네"

끓어오르는 열기가 눈에 보일 정도다. 우리가 연주하는 굉음에 관객이 달라붙는다. 칵테일 라이트에 비친 땀의 비말이 무지갯빛으로 빛나며 사방으로 흩어진다. 나는 마이크에 있는 그대로의 마음을 담아 전달한다.

플로어에서는 관객들이 손을 든 채 온몸을 흔들어 댔다. 이리저리 흔들리는 관객들의 얼굴은 즐거움으로 가득 차 있다.

하지만, 외쳐도 외쳐도 채워지지 않는다.

욕심쟁이는 새로운 열망을 갈망한다.

"소리 없이 울어주길 바랐나?

고개를 숙이고?"

칸바라의 마음을 대변하듯 구하지 못한 자신을 향한 메시지. 그날의 안타깝던 자기 자신에게 전하고 싶은 마음이 이 말에 숨어 있다.

"잠꼬대는 자면서 해

두 번 다시 찾아오지 마"

터널을 빠져나오는 듯한 아다시노의 화려한 트레몰로가 끝난 후에는 후렴으로 들어선다. 들려주고 싶은 녀석이 있으니까 내 온몸을 쏟아부어 이 목소리에 담아내겠어!

"카나리아

외치자

말로는 부족하니까

소리로밖에는 말할 수 없어
서로를 상처 입힐 뿐"

울려 퍼지는 연주 소리가 슬픔을 깨끗이 씻어준다.
그날에는 알지 못했던 따스함이 느껴진다.
솟구치는 로큰롤의 작열.
더 뜨겁게, 더 격하게, 내 몸을 불태워줘!

"카나리아
부탁이야
너의 진심
들려줘"

망령이 끈질기게 달라붙어 온다. 하지만 소용없어.
내 잔재여. 즐거운 시간을 방해하지 말아줘. 네가 나설 자리가
아니라고.
이 스테이지는 과거가 아니라 지금을 살고 있는 내 것이니까!

"인연이 풀린다면
신발끈처럼
다시 묶으면 돼
카나리아"

상쾌한 후렴의 여운을 간직한 플로어에는 장엄한 신음이 울려 퍼졌다. 그 길거리 라이브를 가볍게 능가할 정도의 광란. 제아무리 우리가 노도처럼 폭음을 던져도 파도가 모래를 삼키듯 환호에 먹혀 버렸다.

그러니 더 강하게 울려보자. 여기는 감정의 응어리가 모이는 곳. 어둠을 드러내는 장소. 망령을 쫓아내듯 나는 샤우팅한다. 들리나? 이 혼의 절규가!

갑자기 라이언이 내 쪽으로 다가왔다. 등을 맞대는 자세가 되어 나는 반신을 기댄 채 마이크에 소리를 보낸다. 라이언이 뜯어내는 베이스가 배를 울렸다. 딛고 있는 발이 미끄러질 정도의 박력. 하지만 마음 깊은 곳에서 환호가 끓어오른다. 나는 베이시스트에게서 등을 뗀 후 무대 중앙으로 돌아갔다.

자, 드디어 클라이맥스다. 너희 다 같이 덤벼오라고!

"카나리아
나아가자
유서는 찢어버렸어
다시 태어나는 자신을
화장으로 가리고"

아, 그렇다. 우리는 비주얼계 밴드다. 다시 태어난 자신을 연기하고 있다. 나는 웃는 얼굴로 아다시노에게 다가가서 살짝 어깨에 팔을 둘렀다. 기타리스트는 놀란 얼굴을 보였지만, 금방 표정을 풀었다.

고양된 아다시노가 우렁찬 외침을 던지고는 굳이 손을 휘둘러 관객을 도발한다. 나는 아다시노에게도 마이크를 가져다 댄다. 자연스럽게 아다시노도 노래를 불러주었다. 얼굴을 가까이 대고 겹쳐지는 둘의 목소리. 이 세상이 반짝반짝반짝 빛나 보인다.

아다시노와 만나지 않았다면 나는 이 라이브 하우스의 무대에 서는 일이 없었으리라. 이 스테이지에서 문화제의 빚을 갚을 수 있는 것은 이 특이한 기타리스트 덕이다. 스테이지에서 내려다보이는 만개한 웃음. 분명 나는 이 무대를 평생 잊지 못하리라.

아다시노는 이제 내게 있어서 의지할 대상이라 마치 두 명이 하나가 된 것 같은 느낌마저 든다.

단둘이 탔던 관람차. 같이 바라본 불꽃놀이의 색. 뙤약볕 아래서 울렸던 폭음. 모든 경치가 주마등처럼 흘러갔고 나는 몇 번이고 마음속으로 이 녀석에게 감사의 마음을 표했다.

너는 더는 수수하고 아둔한 고양이 따위가 아니야.

이 스테이지 위, 스포트라이트를 뒤집어쓰고 요염하게 반짝이는, 바케네코야!

"카나리아
우리는
이 열기에 불타올라"

아다시노의 어깨에 둘렀던 팔을 풀고는 나는 드럼을 돌아본다.

쿨하게 연주에 집중하는 사신이 어쩐지 조금 웃겨서 미소를 보낸다. 새초롬한 표정의 칸바라는 계속해서 16비트를 두드린다. 그녀의 마음이 들떠 있는 것은 느낄 수 있다. 격한 스트로크가 즐겁게 울려대기에.

우리의 굉음은 용맹하게 5분간을 무대를 가득 채워간다. 하지만 이대로는 끝낼 수 없다. 마지막으로 아직 구하고 싶은 녀석이 있으니까. 1년 전의 그 스테이지까지 이 환호가 가닿지 않으면 아무 의미 없다고!

"폭음으로 꿈을 말하자
클라이맥스를
울리자
카나리아"

우리의 폭음이 너에게도 들리겠지?

그날의 나여. 이 스테이지에 나란히 서서 어깨동무를 한 채 함께 노래 부르지 않을래?

이 스테이지의, 이 폭음의, 최고조를 함께 맞이하자!

이제 너는 한 마리 늑대 따위가 아니야.

내가 있어.

아다시노가 있어.

라이언도 있어.

칸바라도 있다고.

모두가 여기에 있으니까!

"더 격하게
더 엉망진창으로!
더 즐겁게
더 높게!"

망령이 미소지었다.
그 입술은 이렇게 중얼거렸다.

"노래하자
카나리아!"

플로어에서 일어난 환호의 여운에 잠겨 있다. 폭포 같은 땀이
바닥으로 떨어진다. 가슴 속은 어딘지 마음이 놓이는 피로로 가
득 차 있었다.

고동이 멈추지 않는다. 나는 지금, 친구들과 함께 있다. GHOST
의 일원인 자랑스러운 내 친구들. 무대 옆으로 내려서서 문득 스테
이지를 바라본다. 그날의 내 망령이 즐거운 듯 노래 부르고 있었
다. 그 모습을 보고 나는 거우 구원받았다.

우리가 무대에서 내려오자, 라이브 하우스의 볼티지는 하늘 높
은 줄 모르고 치솟았다. 앙코르. 내가 바라던 열광이 퍼져간다. 끊

이지 않는 박수가, 끊이지 않는 성원이, 무대 옆까지 전해진다. 음악은 저주다. 이 매력에 사로잡히면 다시는 돌아갈 수 없다.

나는 다시 한번 마이크를 쥐고 멤버를 둘러본다. 고개를 끄덕이는 친구들은 상쾌한 표정으로 무대로 뛰어 올라갔다. 무대로 돌아간 우리에게 충동적으로 쏟아지는 관객들의 환호. 더는 망령이 나타나지 않았다. 그 녀석의 맥박을, 그 녀석의 숨결을, 내 안에서 느낀다. 아, 그런가. 나는 이제 텅 비어 있지 않다. 되찾은 반쪽이 노래를 부르고 싶어 한다.

나는 허공을 올려다봤다. 순간, 눈 부신 빛이 내려온다.

등 뒤로 격한 소리가 울려 퍼졌다.

몇 번이고, 몇 번이고 들었던 〈ROSY〉의 인트로가 시작된다.

—청춘의 폭음은 멈추지 않는다.

음악의 마법은 깔끔하게 풀리고 말았다. 그 열광이 모두 환상이었던 것처럼 우리의 일상은 실은 하나도 달라지지 않았다.

하지만 그 시간은 분명히 존재했다. 라이브가 끝나고 몇 시간이 지났음에도 귀울림이 사라지지 않는다. 그건 그 스테이지가 진짜였다는 것을 증명하는 유일한 흔적이다.

— 행복한 여운.

여름방학 마지막 날 밤이다. 우리는 괜스레 공원에 모였다. 가로등 불빛밖에 없어서 주변은 어둑어둑했고, 삐걱삐걱 아다시노가 타는 그네의 소리만이 귀에 닿는다.

내일부터 학교가 시작되는데, 아무도 이 자리를 떠나려 하지 않는다. 분명 모두 이 열기가 식어버리는 것에 아쉬움을 느끼고 있는 거겠지.

"아. 여름방학도 끝났네."

감개무량한 듯 미소년 고양이가 중얼거렸다.

"즐겁지 않지도 않았어."

화려하게 그네를 흔드는 남장 칸바라도 부끄러운 듯 말을 이었다.

즐거웠다는 거야, 즐겁지 않았다는 거야, 어느 쪽이야…? 그럼 나는 어땠을까? 그건 아직껏 식지 않는 몸의 열기가 알려준다.

"너희 덕에 나는 다시 노래를 부를 수 있게 됐어…. 정말로 고마워."

미소를 띤 채로 우리는 서로의 얼굴을 마주 바라본다. 이 멤버가 아니었다면 이렇게 만족스러운 기분으로 라이브를 끝낼 수 없었을 것이다. 가정은 아무 힘도 의미가 없지만, 이 녀석들은 만나지 못했다면 어떤 여름방학을 보냈을지 상상만 해도 두려워서 몸이 떨릴 정도다.

"다음은 드디어 문화제 라이브네. 아직 시간도 있고, 한 곡 더 새로운 곡을 만들어보고 싶어."

내가 모두에게 제안한다.

"그거 좋다! 모두 같이 의견을 내면 분명 즐거울 것 같아!"

미소년 고양이도 동조해준다. 잠시 동안의 단란. 각각의 아픈 과거가 정화되어 가는 것 같다. 아, 이 분위기가 마음 편하다. 줄곧 이 시간이 끝나지 않으면 좋으련만.

"라이언, 괜찮아? 아까부터 멍하니 서 있고."

라이언은 철망에 기댄 채 아무 말도 없었다. 이 녀석은 언제나 해맑은 표정을 짓고 있어 마음을 읽을 수가 없다. 그래도 어쩐지 무거운 분위기를 자아내고 있다. 라이언은 무겁게 몸을 움직였다. 그리고 오래된 친구가 있는 쪽으로 다가간다.

"이건 더는 필요 없겠네…."

라이언은 탈에 손을 가져갔다. 어째선지 내 마음이 묘하게 술렁거리기 시작한다.

"어이… 뭐 할 셈이야? 잠깐만."

그렇게 말한 칸바라도 당황한 모습으로 서둘러 그네에서 내려선다.

"코토리와 내가 만들었던 밴드 '라이언'. 그립네."

왜 이 녀석이 라이언의 탈을 쓰고 있었는지 겨우 이해했다. 칸바라에게 자신의 존재를 깨닫게 하기 위해서였다. 두 명이 아는 비밀의 암호. 라이언. 그리고 이 녀석이 정체를 밝히지 못했던 이유도 확실히 알게 됐다. 탈을 벗자, 라이언의 뒷머리가 찰랑거리며 흔들린다. 밤색의 포니테일. 그건 이 녀석의 상징이기도 했다.

"너… 거짓말이지…"

속이고 숨기고 있던 건 우리만이 아니었다. 정체를 숨기기 위한 도구. 사자 인형 탈. 하지만 그렇게 하지 않으면 안 되는 이유가 있었다. 이 녀석의 정체를 안 지금은 이 녀석이 정체를 숨길 수밖에 없는 상황이었다는 사실을 곧장 이해하고 말았다.

모든 것은 사신을 구하기 위해서였다. 그렇기에 이 녀석은 이런 리스크를 계속 감수해왔다. 하지만 사신이 구원받은 지금, 이 녀석이 GHOST에 적을 둘 의미가 더는 없게 된 것이다.

"오카미 선배, 미안해요. 저는 더는 이 밴드에 있을 수 없어요."

미안해하는 라이언은 탈을 칸바라에게 건네주며 말한다.

"처음부터 이 라이브를 마지막으로 하고자 정했었어. 제멋대로여서 미안…"

너무 큰 충격에 마음의 정리가 되지 않는다. 왜? 왜 너냐고…?

아무리 신경을 집중시켜도 더는 귀울림이 들리지 않는다. 행복

은 여운과 함께 사라져버렸다. 직감적으로 더는 이 멤버를 유지할 수 없다는 것, 그것만이 이해됐다. 음악은 사람을 바보로 만드는 마약과 같다. 그렇기에 흥분의 절정에 있던 나는 그 사실을 깨닫지 못하고 있었다. 정말로 어리석었다.

처음으로 알게 된 행복을 나는 놓치고 만 것이다. 행복은 손에 넣는 것보다도 유지하는 쪽이 어렵다는 사실을. 어두워진 이 녀석의 민얼굴은 조금 전까지 밝았던 내 마음을 절망으로 밀어 넣었다.

설마 이 녀석의 본모습이, 텔레비전에서밖에 본 적 없는 그 천하의 톱 아이돌님이었을 줄 그 누가 알았으랴. 머릿속이 텅 비어버리고 말았다.

—라이언의 정체는 소고 리코였다.

저자 후기

처음 뵙겠습니다. 이번에는 제14회 MF문고J 라이트노벨 신인상에서 심사위원 특별상을 받은 소야 무카이입니다. 이래저래 길어질 것 같으니 서두에서 감사의 말씀을.

우선 담당이신 M님께는 무척이나 큰 신세를 졌습니다. 아무것도 모르는 저를 지도해주셔서 감사드립니다. 덕분에 바케네코가 무척이나 귀여운 메인 히로인으로 변할 수 있었습니다. 앞으로도 잘 부탁드립니다.

그리고 편집장님을 비롯하여 작품을 선정해주신 선생님들, 출판에 관여해주신 모든 관계자분께 진심으로 감사의 인사를 올립니다. 특히 심사위원 코멘트를 통해 따뜻한 말씀을 건네주신 미우라 선생님께 크게 감사드립니다. '청춘 소설과 러브 코미디는 공존할 수 있다'. 마음을 강하게 울린 말씀이었습니다. 작중의 캐릭터처럼 완전히 다르게 변해버린 본 작품이, 미우라 선생님에게도 기쁨이 되었길 바랍니다.

감사의 말씀은 아직 끝나지 않았습니다. 투명감이 있는 멋진 일러스트로 작품에 생명에 불어넣어 주신 시구레 우이 님. 마음속 깊이 감사드립니다. 제가 시구레 님의 작품을 좋아하는 마음을 전부 표현하기에는 지면이 부족해 앞으로 SNS를 통해 천천히 풀어

내 보겠습니다(웃음). 시구레 님과 함께 작품을 만들어서 정말로 기쁩니다.

그리고 이 꿈을 부여해준 TM 네트워크의 니시카와 다카노리 님께도 상완이두근을 부풀리면서 감사를 드립니다. 맞습니다. 눈치채신 분이 있으실까요. '오사카시 도시마구 PN 무카이'. 학생 시절, 저는 라디오에 사연을 보내는 엽서 장인으로 통했습니다. 니시카와 씨의 올나이트 닛폰이라는 방송의 팬이었어요. 이번에 새로 지은 이 '소야'라는 성은, 그 방송에서 따온 것입니다.

자, 갑작스럽지만 타이틀을 해설해보고자 합니다. 청색에는 청춘, 노이즈에는 갈등이라는 의미를 담았습니다. 그리고 러브 코미디 느낌도 내고 싶었기에, 질투를 더했습니다. 저한테 있어서 청춘이란 잡음이 섞인 AM 라디오의 전파와도 같습니다. 지금처럼 깨끗한 소리로 듣는 수단이 없었던 시절의 이야기. 제가 매우 좋아했던 방송은 지금도 적신호인 채이기에 언젠가 청신호가 되었으면 합니다. 그래서 '청색 노이즈'인 겁니다. 언젠가 니시카와 씨와 작품을 만드는 것이 제 꿈이니까요. 혹시 이 책이 잘 팔리면 고기 사주세요!

그리고, 이 책을 구입해주신 여러분, 온 나라가 떨려 올 정도의 감사를!

이 작품은 러브 코미디이기도 하고, 청춘 소설이기도 합니다. 어떤 얼굴이 취향이신가요? 만약 이 작품을 읽고, 여러분이 '꿈'을 찾으실 수 있다면 그보다 더한 행복은 없을 것 같습니다. 서른이 넘어서도 라이트노벨 작가 데뷔를 할 수 있는 인생도 있으니까, 여러분도 하실 수 있습니다. 여러분이 각자의 청색 노이즈를 울려 퍼뜨릴 수 있기를 기원하겠습니다. 그리고 본 작품은 시구레 님의 뛰어난 일러스트를 통해 꼭 러브 코미디로서도 즐겨주시기를 바랍니다!

사, 사주세요! (떨리는 목소리)

청색 노이즈와 〈질투〉 킬러 툰

초판 1쇄 인쇄 2020년 10월 28일 **초판 1쇄 발행** 2020년 11월 12일

지은이 소야 무카이
일러스트 시구레 우이
옮긴이 구수영
펴낸이 연준혁

출판부문장 이승현
편집 1본부 본부장 배민수
편집 조한나
뉴북팀 박혜정 김해지
디자인 하은혜

펴낸곳 ㈜위즈덤하우스 **출판등록** 2000년 5월 23일 제13-1071호
주소 경기도 고양시 일산동구 정발산로 43-20 센트럴프라자 6층
전화 031)936-4000 **팩스** 031)903-3893 **홈페이지** www.wisdomhouse.co.kr

ISBN 979-11-91119-51-0 03830